La Vie contrariée de Louise

Du même auteur

Aux Éditions Héloïse d'Ormesson

M comme Mohican, 2009.

Corinne Royer

La Vie contrariée de Louise

Roman

Éditions Héloïse d'Ormesson

www.editions-heloisedormesson.com

ISBN 978-2-35087-189-9

Toute la bassesse et la cruauté de notre civilisation
se mesurent à cet axiome stupide
que les peuples heureux n'ont pas d'histoire.

Albert Camus

À une femme d'exception
qui portait le joli nom
d'Yvonne Pardon.

Bien que certains personnages de ce récit aient réellement existé et que le village du Chambon-sur-Lignon soit ancré dans l'Histoire, ce roman n'a aucune prétention d'authenticité historique.

1

LES CHIFFRES ROULÈRENT à l'aveugle sous ses doigts et d'un mouvement machinal de l'index il s'assura du verrouillage de la valise. Puis lentement, comme pour reporter l'échéance du départ, il entreprit de refaire le lit. Il ajusta avec une précision maniaque l'oreiller engoncé dans une taie de dentelle et jaugea d'un œil inquiet les centimètres de drap qui couraient inégalement de part et d'autre du matelas.

Il hésitait.

Devait-il partir ? Devait-il partir maintenant ?

Il savait que même s'il décidait de quitter les lieux sur-le-champ, il resterait à jamais lié à ce visage, le visage si doux de Louise, le visage aux paupières closes, à la bouche scellée, le visage de sa grand-mère de France reposant dans son linceul.

Il hésitait.

Comment partir sans rien savoir de Louise ? Tant d'attachement à cette femme jusqu'alors inconnue lui inspirerait forcément un retour sur cette terre protestante, aux confins de l'Ardèche et de la Haute-Loire, avec ses maisons aux toits de lauze, ses murs de pierre grise, ses hameaux raturés, les lieux d'un crime qu'il n'avait pas commis mais dont il se sentait pourtant coupable.

En se redressant, il porta la main à son estomac. De cette faim de loup qui à présent le tenaillait, il décida de se libérer avant toute chose. Car du reste, de la masse oppressante et sombre qui enflait dans sa poitrine, de cette bête insatiable qui lui dévorait les tripes et dont il sentait le souffle soulever ses côtes, il lui semblait que jamais il ne pourrait se défaire. Jamais il ne pourrait seulement la museler. Sans doute, sa faim assouvie, rasséréné par le lent ressac des sucs gastriques dans son corps, tournerait-il le dos sans remords ni regret à cette souche familiale dont il avait jusque-là ignoré les racines et dont la frondaison ne l'avait jamais abrité des petites et grandes tracasseries de la vie.

Il hésitait.

Au fond, se demandait-il, pourquoi tenter de se dérober ? N'était-ce pas là que tout se jouait, que tout déjà s'était joué sans lui ? N'était-ce pas à cette absence que tenait l'étrange langueur qui le faisait parfois vaciller ? Non qu'il y eût quoi que ce fût dans son existence de réellement inquiétant, mais ces derniers mois, un mal-être l'avait saisi à la gorge et le rendait fébrile.

Il reposa la valise sur le lit. Il ne laisserait pas la bête le dévorer.

Il resterait.

Pour Louise. Et pour le crime qu'il n'avait pas commis.

Il resterait.

Il ferma à double tour la porte de la chambre, descendit l'escalier qui menait jusqu'au hall de l'hôtel. Aveuglé par l'intensité de la lumière qui frappait les vitres, les yeux clignant de cet éblouissement soudain, il eut du mal à distinguer le midi dix que composaient les aiguilles de l'horloge murale. Derrière la banque d'accueil, une crinière rousse irradiait, plus éblouissante encore que la lueur brutale du dehors. Elle demeurait indifférente à sa présence, penchée sur une lecture dont il ne pouvait discerner la teneur mais dont il imagina la délicieuse emprise sur cette femme d'un certain âge, la cinquantaine peut-être, s'immergeant dans un mirage d'images et de mots. Il se tint là, figé dans le hall, cette saleté de sueur continuant de suinter à ses tempes. La lectrice lunaire sursauta, posant sur lui deux petits yeux de taupe campés derrière des lunettes parfaitement rondes. Sous le feu de la crinière ébouriffée, les joues s'empourprèrent d'un rose délicat, confessant doublement et la faute et le flagrant délit. Puis d'un geste preste, la rousse maîtresse de maison, indétrônable patronne du One Toutou, fit glisser la revue dans le tiroir du bas. Et lorsqu'elle lui demanda son nom pour le seul plaisir de le lui faire répéter – car l'encre sur sa fiche était encore fraîche de la veille –, pour ce voyage immobile de l'autre côté de l'Atlantique, où elle n'était jamais allée et où sans doute jamais elle n'irait, il ressentit une pitié un peu lasse. Alors il prononça ces mots, soulignant sa phrase d'un ample geste de la main comme il l'aurait fait pour une caresse à une femme :

– James Nicholson, chambre dix-sept, pour une semaine comme prévu, mais je voulais vous dire que ce sera peut-être davantage.

Puis, avec un fort accent outre-Atlantique dont il n'était pas coutumier, il répéta par deux fois :

– James Nicholson… James Nicholson…

Et bien qu'elle ne laissât rien paraître, qu'aucun de ses traits ne trahît ni son trouble ni la jouissance qu'elle y puisait, il vit courir sur la main d'Alice Rivolier le tremblement d'un bonheur trop net, lorsque, d'une écriture mal assurée, elle ajouta sur la fiche, à la suite de huit jours, peut-être davantage.

Il resterait.

Louise pouvait compter sur lui.

Il allait tout d'abord contourner le bâtiment de l'hôtel Le One Toutou et rejoindre le restaurant du même nom où il avait retenu une table pour déjeuner chaque jour que compterait cette semaine dédiée à sa grand-mère de France.

Lorsqu'il était arrivé au village, le matin précédent, il lui avait semblé que tout le chemin parcouru, depuis le Dakota Building, entre la 72e et Central Park West, n'avait en rien atténué ni les palpitations de son cœur ni le fourmillement qui s'était emparé des extrémités de son corps à la seule idée de rencontrer Louise. À l'aube de ses quarante ans, serait-il encore capable de jouer le jeu tendre et délicat d'une rencontre si décisive? Au moment même où il avait franchi le panneau d'entrée du village, cette question l'avait assailli, charriant dans son sillage une succession d'inclinations contradictoires : l'allégresse provoquée par cette visite, le débordement d'aménité qui l'avait soudain rendu poreux au monde, la sensibilité exacerbée qui l'avait laissé au bord des larmes à la pensée de cette vieille dame, Louise, une vieille dame qui l'attendait sans doute depuis toujours. Une gêne engourdissante l'avait gagné, et la peur d'être désigné par cette vieille dame, lui, James Nicholson, comme indigne de toute tendresse filiale, l'avait poussé à reporter l'heure du rendez-vous. Voilà pourquoi il avait parcouru le village, mesurant à chaque foulée la vie inconnue de cette grand-mère de France, se questionnant sur les traits de son visage, la couleur de ses yeux, ses préférences culinaires, la musique de sa voix, ses maladies chroniques, jusqu'au nombre d'années qu'il lui restait à vivre. Voilà pourquoi il ne s'était pas précipité à la maison de retraite, avait d'abord pris le soin et le temps de retenir un hôtel et un restaurant, pourquoi la journée terrible avait pris existence.

Il abandonna la patronne du One Toutou au trouble qu'avait suscité l'annonce du prolongement éventuel de son séjour, la salua aimablement, puis franchit la porte de l'hôtel. Au-dehors, le saisit une touffeur en rien semblable au petit air frais qui, la veille, avait accueilli sa venue, une touffeur accablante qui le laissa un instant interdit, au croisement de la rue du Breuil et de celle du Cellier. Il leva les yeux vers le ciel et il lui sembla que les rayons du soleil se muaient en une tornade ardente consumant le moindre signe de vie sur son passage. Se déploya alors devant lui un ballet de femmes hagardes, traînant sur les trottoirs, les paniers vides, la liste des courses égarée au fond d'une poche, une vague moiteur aux aisselles, les idées éparpillées comme des fragments de météorites. Des chiens erraient, haletant, queue entre les pattes, les mâles pissant accroupis comme des chiennes. Il ferma les yeux. Sentit le souffle l'effleurer et enfin le happer. Des larmes perlèrent sur ses joues. Obstinément, avec une intensité douloureuse qui le fit vaciller, il embrassa à nouveau du regard le paysage alentour et il n'aurait plus su dire si cette vision d'apocalypse était ou non simple invention de son esprit.

En ce début d'été que de mémoire d'anciens on n'avait jamais connu sous de pareils augures, simulant l'empressement d'un homme heureux, il descendit la rue du Breuil jusqu'à la place centrale du village, la place toute pavée des Marronniers où il espérait que son appétit serait contenté.

Il était environ midi trente, ce samedi de juin, lorsque James Nicholson, la main sur l'estomac, poussa la porte du restaurant Le One Toutou. Trois ventilateurs brassaient vainement l'air surchauffé. Côté bar, les hommes se pressaient, jouant des épaules, lissant leurs cheveux humides sur les crânes dégarnis. Les mèches ramenées en arrière demeuraient plaquées, abandonnées, à l'image de ceux dont elles couvraient le chef, les déshérités, les habitués du comptoir, les maniaques du petit blanc. James Nicholson les observa. Il prit toute la mesure de leurs gestes empâtés, leurs sourires courts, leurs mots englués. Face à cette vision pathétique, il sentait la bête s'agiter, se lover contre ses organes, choisir ostensiblement la part de chair qui lui reviendrait. Car la bête savait que James Nicholson, le vrai James Nicholson, celui dont les mains avaient tremblé, s'était rencogné dans l'ivresse à la moindre contrariété et ne s'était affranchi de cette addiction qu'au prix d'un certain abandon du plaisir, une forme de dégoût forcé du bonheur qui lui permettait enfin de marcher droit de quelque bistrot cafardeux qu'il pût être sorti. Ô combien la bête savait cela ! Et combien elle contraignait James Nicholson à ne pas détacher son regard de ces hommes.

Des gerçures naissaient sur les mains boursouflées, creusant de fines ridules qui se noyaient dans le bleu sillon des veines. Les fronts brillaient, pareils à des marbres polis. Les boit-sans-soif mettaient de l'eau et des glaçons dans leur Ricard. Ils en buvaient trois fois plus et trois fois plus vite qu'à l'ordinaire. Sous une lumière blafarde – on avait tiré les volets pour se protéger du soleil –, le serveur paraissait écrasé, insecte insignifiant derrière la plaque de zinc qui recouvrait le bar. Il se démenait comme un beau diable. De larges auréoles teintaient d'un jaune délavé les rayures blanches et rouges de son tee-shirt de matelot qui n'avait jamais vu la mer. Il suait comme un phoque, mais il encaissait. Liquide, carte bleue, chèques, bonnes et mauvaises blagues, il encaissait tout.

– Et alors, Gerlou ! On sue comme une coquine dans un confessionnal !

– Mais non ! C'est qu'y pense à la belle Canelle, ça lui met les pieds en bouquet d'violettes ! Allez Gerlou, bois-en une !

Le serveur répondant au nom de Gerlou – un nom auquel James Nicholson accorda d'emblée une connotation poisseuse, improbable croisement entre le germon et le mérou – ne se fit pas prier. Il obtempéra. Se servit une Kronenbourg bien fraîche. But cul sec jusqu'à la dernière gorgée. Rota bruyamment en bavant de plaisir, essuyant dans sa paume la mousse qui lui dégoulinait sur le menton.

– On dirait l'bon Dieu qui vous descend en culotte de v'lours dans l'estomac !

Il s'en servit une autre. But plus vite. Rota plus fort.

Depuis les cuisines, la rousse patronne du One Toutou, qui gérait hôtel et restaurant avec un incroyable don d'ubiquité, avait aperçu l'Américain. Elle se précipita, abandonnant les petits salés sur un feu trop vif. La venue de James Nicholson, quoique ici tout le monde en ignorât encore la raison, exigeait bien le sacrifice de deux vulgaires saucisses. Elle annonçait une saison estivale hors du commun, et Alice Rivolier l'avait accueillie comme une bénédiction. Dieu la comblait en lui envoyant James Nicholson et un soleil de plomb, des dollars et le climat du grand Sud, tout ce à quoi elle aspirait depuis toujours. Cette foutue montagne était donc encore susceptible d'attirer le chaland. Un miracle… Elle n'avait pas laissé poindre le mot sur ses lèvres, mais c'est précisément ce qu'elle avait ressenti. Voilà pourquoi, la veille, après que l'Américain eut annoncé son intention de retenir une table pour chaque déjeuner de la semaine, elle avait été la proie d'une sorte de possession mystique. Elle s'était précipitée dans la salle de restaurant où Nina, la toute nouvelle recrue pour le service de midi, débarrassait les tables des derniers clients. Elle lui avait raconté savamment la visite de l'Américain, arpentant maintes fois la salle de restaurant, levant les bras au ciel en implorant la Vierge noire assise sur sa cathèdre.

– Tu vois, Nina, cette Vierge-là, elle est en genévrier de Phénicie, ce sont les seules qui vaillent, les seules qui exaucent les prières des mortels. Les autres, toutes les autres, sont de la piété à la petite semaine !

Et Nina de n'avoir rien trouvé d'autre à répondre :

– Dieu… Dieu… M'dame Rivolier… vous pensez vraiment que c'est Dieu qui nous l'envoie… Dieu…

La voix de Nina s'était faite ténue. Il lui avait semblé que son âme s'élevait au-dessus des contingences du bas monde, ce petit monde au ras du sol dans lequel on se disputait la malchance comme un bout de gras, l'iniquité du sort comme une sucrerie, ce petit monde où Nina s'était toujours trouvée entravée, à l'étroit, dépossédée. Et voilà qu'à présent, elle brisait ses liens, déployant ses ailes, survolant les vastes plaines. De cet oiseau charnu à la volée trop lourde, elle se muait en une colombe virginale, elle devenait l'oiseau de Dieu et elle fendait l'air immensément libre.

– C'est un Américain, Nina ! Un Américain ! J'peux t'dire qu'il a du foin dans ses bottes ! J'sais pas pour combien de temps il est là, il ne le sait pas lui-même… Un Américain… T'as déjà vu des dollars, Nina… Et il est sacrément beau garçon! Crois-moi, c'est Dieu qui nous l'envoie, Dieu s'est penché sur son épaule et lui a soufflé à l'oreille : « James Nicholson, tes pas te mèneront au One Toutou et tu y trouveras la lumière du Seigneur. »

Alice Rivolier doutait elle-même de la version enjolivée, exagérément spirituelle, qu'elle avait servie à Nina. Mais elle y plaça tous ses espoirs, s'efforçant d'y voir le signe d'une reconnaissance gagnée de haute lutte par des années de piété irréprochable à laquelle il n'était pas concevable que la Toute-Puissance ne fasse pas enfin allégeance. Cette Providence allait rétablir les comptes de l'établissement, remplir le tiroir-caisse et peut-être même générer de précieux bénéfices. Et ce n'était pas les quelques lectures lubriques qu'elle confinait dans un tiroir de l'hôtel qui allaient entacher le titre de sainte auquel elle prétendait si ardemment.

Ce jour surchauffé d'un été qui ne ressemblait à aucun autre, dans la salle de restaurant, Nina lorgna James Nicholson en coin. Elle ne pouvait s'empêcher de le regarder, s'avouant secrètement qu'Alice avait raison, il était beau garçon, très beau garçon, mais il avait l'œil fou. Aussi, lorsque l'Américain ouvrit son journal, tête penchée sur le côté, paume contre la tempe, elle eut l'impression qu'il jouait à la roulette russe.

Elle murmura à l'oreille de Gerlou comme une prémonition :

– Ce type, avant la fin de l'été, je vais ramasser sa cervelle dans une assiette…

Gerlou se gratta le menton. On ne savait trop quel âge lui donner. Sa taille faisait pencher pour un début d'adolescence, mais la sévérité de ses traits et sa barbe inégalement rasée pesaient bien cinq ou six années supplémentaires. Il quitta sa place derrière le zinc, fit les cent pas entre les tables, l'air important et convenu, saluant les clients en pérorant de sa voix nasillarde contre cette chaleur cuisante. Puis il se planta devant l'Américain, lui souriant bêtement, hochant la tête dans un acquiescement mécanique avant de tourner les talons.

– Son cerveau… y doit pas être bien gros ! Dommage… la cervelle braisée, c'est mon plat préféré…

Nina haussa les épaules. Elle prit la commande de l'Américain et le choya comme promis, quelques olives bien vertes fourrées aux anchois que l'on réservait habituellement aux grandes occasions. Mais Nina l'avait compris, l'Américain à lui tout seul était l'occasion de tout un été.

Alice avait annoncé depuis les cuisines :

– Cette espèce-là, ce sont des fauves, les rois du monde… Ça mange comme quatre !

Alors Nina ne manqua pas de préciser :

– Et un petit salé aux lentilles… Double portion, c'est pour l'Américain !

Et il n'en resta pas une miette et l'Américain fut ainsi repu et la bête elle-même pour un temps s'apaisa.

Puis il y eut ce dimanche, le troisième jour. Le ciel perdait les eaux, un accouchement de fin du monde ponctué de rémittences et à nouveau de grandes giclées qui se jetaient à l'aveugle contre les carreaux. Alice se lamentait derrière la fenêtre des cuisines.

Les touristes allaient quitter le navire, pour sûr ! Et ce serait encore ce satané Sud qui encaisserait le gros lot !

Elle pensait à James Nicholson, son allure assurée, sa chemise ouverte sur un torse qu'il était facile d'imaginer fort-pileux-doré, un torse qui n'avait rien à glaner sous ce ciel gris, un torse destiné à la morsure du soleil et au chant des sirènes. Grelottant sous son chandail comme si chaque goutte la transperçait, elle répétait en boucle : La pluie de juin fait belle avoine et maigre foin… Et ici sacré bon Dieu c'est du foin qu'on fauche !

Lorsque Gerlou poussa la porte, il était trempé jusqu'aux os. La protubérance du ventre avait sauvé le haut du pantalon, mais le reste était une soupe froide qui se répandait sur le carrelage. Des perles d'excitation luisaient dans ses yeux ronds.

– Ça y est Nina, ça y est… je sais le troisième jour ! Tu veux que je te dise, hein ? Écoute Nina, écoute…

« Dieu dit : Que les eaux qui sont sous le ciel
S'amassent en une seule masse et qu'apparaisse le continent.
Et il en fut ainsi.
Dieu appela le continent "terre"
Et la masse des eaux "mers".
Et Dieu vit que cela était bon.
Dieu dit : Que la terre verdisse de verdure :
Des herbes portant semence et des arbres fruitiers,
Donnant sur la terre, selon leur espèce,
Des fruits contenant leur "semence".
Et il en fut ainsi.
La terre produisit de la verdure :
Des herbes portant semence selon leur espèce,
Des arbres donnant, selon leur espèce,

Des fruits contenant leur semence.

Et Dieu vit que cela était bon.

Il y eut un soir et il y eut un matin : troisième jour. »

Il s'était tenu bien droit, poings serrés dans les poches, mèche lourde pareille à une loche bavant sur le pourtour des yeux. Lorsqu'il avait prononcé : « Et la masse des eaux “mers” », il avait hoqueté si bruyamment que le ruisseau canalisé sur le bas-ventre s'était répandu sur le sol.

– C'est ça Nina, dis… me suis pas trompé ?

– Qu'est-ce que j'en sais, moi ! Non, ça avait l'air bien… Dépêche-toi de te sécher… Si t'es malade, c'est moi qui vais me taper tout le boulot !

– J'ai autre chose à faire que d'être malade, pour sûr que j'ai autre chose à faire !

Depuis toujours, Gerlou était épris de la belle Canelle. Mais en dépit de ce que James Nicholson avait supputé, il n'était pas même un croisement de germon et de mérou. Planté derrière le bar, il était raboté et large et rugueux. Il était comme un gerlou, ces seaux en bois qui servaient autrefois à recevoir le lait de la traite. La naissance de sa passion pour Canelle, nul n'aurait su la dater. Elle avait dû se loger dans le placenta de sa mère, le nourrir aux premiers jours de sa vie ou, plus probablement, être inscrite dans ses gènes. À la maternelle déjà, il passait des heures à la regarder. Il avait tout applaudi, les premiers mots, les premiers pas, la première glissade en toboggan. Et plus tard, beaucoup plus tard, Canelle placardée dans les magazines, bouts de seins bandés derrière les dentelles nacrées, galbe des fesses débordant sous la soie. Canelle sous le feu des projecteurs, Canelle sur les podiums des défilés. Puis, un jour, une photo que Canelle lui avait adressée de Paris, devant Notre-Dame. Puis de Londres, de Barcelone, de Dubaï… Canelle, du haut de ses dix-huit ans, aurait bientôt fait le tour du monde et Gerlou, de deux ans son aîné, avait rarement franchi la frontière du village. Il était aussi laid qu'elle était belle, aussi petit qu'elle était grande, aussi rondouillard qu'elle était fine, aussi naïf qu'elle était rouée. Pourtant, ces deux-là étaient liés, Canelle portait à Gerlou une affection certaine. Toute son enfance, puis son adolescence, elle avait accepté ce petit être indigent sur ses talons.

Mais Canelle allait partir, elle avait signé un contrat, dès la fin de l'été, elle s'installerait à Paris. Gerlou l'avait suppliée de gommer sa signature. Le doute avait assailli Canelle. Elle avait déclamé d'une voix monocorde comme on prête serment devant témoins :

– Si tu connais par cœur la Genèse à la fin de l'été, tu auras le droit de me coller. En attendant, fiche-moi la paix!

Gerlou avait demandé à Antoine :

– C'est quoi la Jeune Aise, c'est dur à apprendre?

Antoine faisait des études à Paris. D'aussi loin que ses souvenirs pussent le porter, il venait avec ses parents passer ses vacances au village. Et depuis l'été qui avait emporté son frère, trois ans bientôt, ses soirées trop arrosées s'achevaient au bar du One Toutou.

Antoine avait longuement réfléchi, il avait répondu l'air pensif :

– La Genèse? Ah oui, c'est dur à apprendre!

Le lendemain, les cinquante chapitres étaient posés sur le bar. Gerlou s'était enfermé dans la cave. Assis sur la terre battue, il avait commencé à apprendre. Il bégayait, pris de panique, noué d'appréhension. Il mélangeait la fin et le début, recommençait inlassablement.

Antoine lui avait donné un conseil :

– Oublie Canelle, oublie-la, fais de la place dans ton cerveau et d'ici peu tu connaîtras la Genèse !

Mais Gerlou ne pouvait pas, il vivait avec et pour Canelle, il préférait la perdre plutôt que l'oublier.

Ce fut donc le troisième jour. Un troisième jour qui fut à peu près ce qui suit.

Les tables sont desservies. Les nappes en vichy aux quatre plis parfaitement réguliers aguichent déjà le client du soir. La vieille horloge murale indique à peine quinze heures. Seul James Nicholson est attablé dans le restaurant. Seul n'est évidemment qu'une apparence. James Nicholson promène la bête dans ses entrailles. Nul autre que lui ne la voit, nul autre n'inhale ses humeurs nidoreuses, nul autre ne ressent le dru pelage de son échine qui est comme une lacération sous la poitrine.

Voilà trois jours que James Nicholson déjeune au One Toutou. Il finit son dessert en feuilletant le journal du jour, une moue de contentement naïf au coin des lèvres. Il n'a pas souvenir d'avoir jamais savouré des œufs à la neige aussi onctueux. Il demande un café.

– Vous voulez pas le prendre au comptoir ?

La serveuse est jolie. La serveuse, il a entendu héler son prénom depuis les cuisines, s'appelle Nina. Il se le dit tout bas parce qu'il a encore le goût des œufs à la neige à la bouche : Elle est délicieuse…

Il pense à ce prénom qui enchanta la scène du San Francisco pornographique. Nina, un prénom à se damner.

– Vous ressemblez à Nina Hartley… en brune…

– Et c'est qui votre Nina Hartley?

– Une jolie fille, une très jolie fille…

– Merci… Et elle fait quoi cette jolie fille dans la vie?

La langue de l'Américain vient laper un reste de crème anglaise sur le rebord de la coupe.

– Ce qu'elle fait? Je ne sais pas comment vous dire, mais sans doute ce qu'il y a de mieux à faire…

Nina rétorque, perplexe et intimidée :

– Si vous ne savez pas, comment pouvez-vous dire que c'est ce qu'il y a de mieux à faire!

Cette fois, il rit franchement :

– Elle fait l'amour… mais malheureusement je ne sais pas exactement comment elle le fait!

Nina est de la couleur des nappes vichy, la couleur rouge qui empourpre ses joues, éclôt dans l'échancrure de son tee-shirt, dessinant sur le décolleté, à la base de sa jolie gorge, le collier de Vénus.

Ton collier de Vénus Nina… Il est venu de ta peau contre la mienne. C'est mon présent. Je te l'ai offert au premier jour. Au premier jour de nos jours à nous.

– Ce café alors, au bar ou pas au bar?

La petite cuillère tremble dans la coupe au rythme des syllabes décousues sur les lèvres de Nina. Le tintement résonne dans la pièce. La petite cuillère prend du ballant. Il faut qu'il lui réponde… S'il ne veut pas recevoir un fond de crème anglaise sur sa chemise, il faut que James Nicholson lui réponde.

– Pas au bar.

En cuisine, Nina se passe de l'eau sur le visage. Elle demande un café à Gerlou. Pour la trois. Il s'affaire du haut de ses un mètre cinquante-six, souffle court, œil languide, bouche humectée, brinquebalant ses quatre-vingt-huit kilos sur ses trop courtes pattes. De l'autre côté du bar, Canelle se déhanche sur un tabouret, fraîche et élancée comme une digitale pourpre sous la rosée du matin. Canelle, un jour, sera à lui. Gerlou l'a juré. Un jour, je la collerai.

Nina pose la tasse et le sucre sur la table de l'Américain.

– Vous avez tort de pas le prendre au bar… Il y a de jolies filles ! Je vous promets pas qu'elles fassent bien l'amour, mais il y a des filles longues comme un jour sans pain !

James Nicholson ignore ce que sont des filles longues comme un jour sans pain. Il imagine quelque chose d'interminable, une ascension.

Il rétorque, un peu gêné :

– Je plaisantais…

Nina tourne les talons :

– Décidément, l'humour américain ne vaut pas mieux que l'humour british !

Elle n'était pas très sûre du mot. Elle prononça « britiss ». Il trouva que c'était joli. Britiss, c'était comme kiss.

Il but son café et demanda l'addition. S'il vous plaît, comme les autres. Paya en liquide avec dix euros de pourboire, bien plus que les autres. Se leva. Fit basculer sa veste sur son épaule en dégageant d'un geste impulsif la mèche blonde qui lui tombait sur le nez. S'approcha de la porte. Revint sur ses pas. Sortit un stylo de sa poche et inscrivit quelques mots au dos de l'addition.

La porte claqua brutalement derrière sa haute silhouette. L'averse s'était calmée. Il flottait une sorte de brume pailletée que le soleil balayait, une très fine poussière de pluie lévitant au-dessus des chaussées qui enveloppa la taille, puis le dos, puis la nuque de James Nicholson.

Nina déboula depuis les cuisines.

– Y sait pas dire au revoir celui-là ! On n'a pas idée ! Filer comme un pet sur une toile cirée ! Tous les mêmes, ces Américains !

Nina ne connaît aucun autre Américain. C'est sa première saison au One Toutou et celui-là, l'envoyé de Dieu, elle voudrait tant lui plaire. Elle saisit la coupe où baigne un fond de crème anglaise, la porte à sa bouche en veillant à appliquer ses lèvres là où James Nicholson a posé les siennes. Lape l'élixir jusqu'à la dernière goutte. Se pourlèche les babines telle une petite chatte rassasiée. Frétille. Glisse le billet de dix euros dans son soutien-gorge, l'addition et les douze euros cinquante du menu du jour dans le tiroir-caisse.

Au dos de l'addition, il est écrit : « Mademoiselle, pourriez-vous me rejoindre ce soir vers vingt heures, Hôtel Le One Toutou, chambre dix-sept. »

Nina compose le numéro d'Antoine. Comme tout le monde ici, elle sait que c'est à lui qu'il incombe de décrypter les choses savantes.

– Qu'est-ce qui t'arrive ? Si c'est une urgence, j'suis ton homme…

– Tu connais une certaine Nina Hartley ou un truc qui sonne un peu comme ça ?

– Nina Hartley… Non, ça m'dit rien…

– T'es chez toi là ?

– Ben oui, j'suis chez moi, pas tout seul mais chez moi…

– Tu peux aller sur Internet ?

– Là ! Maintenant ? Mais c'est que j'allais aboutir moi, madame, j'ai une blonde dans mon lit !

– Cherche une fille qui s'appelle Nina Hartley…

– Avec H ou sans H, Y ou sans Y ?

– J'en sais rien moi, cherche un nom qui ressemble à ça…

– Ok… Ok… Oh la vache, une papesse Nina, j'te jure, une papesse…

– Normal, paraît qu'elle me ressemble ! Et elle fait quoi dans la vie ?

– Du porno…

– Arrête tes conneries, Antoine… Dis-moi ce qu'elle fait… Dis-moi qu'elle fait un truc romantique…

– Les meilleures pipes de San Francisco ! Promis Nina, j'en débande pas… Tu sais comment on la surnomme ? *Bubble Butt*… Oh là là… Faut qu'j'te laisse… *Bubble Butt*… Nina, *Bubble Butt*…

– Et ça veut dire quoi *Bubble Butt* ?

– Ça veut dire Vénus callipyge… J'y vais, Nina… J'y vais…

– Calli quoi ?

Antoine a raccroché, abandonnant Nina au poids d'un *bubble butt* qui la leste corps et âme, la rend lourde, pesante, inapte au rêve américain. Un *bubble butt* synonyme de calli-quelque-chose, une chose obscure, énorme, sans doute obscène.

À vingt heures précises, Alice Rivolier trône à l'accueil du One Toutou, yeux en chinoiserie derrière ses lorgnons d'institutrice, main rêche posée sur le cuir. Ce cuir est sa plus grande fierté, la seule nouveauté de l'hôtel depuis des générations, un beau cuir satiné d'un vilain bordeaux qu'Alice astique tous les matins, tous les midis et tous les soirs. Se tenir là, avec le contact du cuir sur sa peau, la met dans un état de rut, une jouissance, un orgasme à six cents euros le mètre linéaire. Les hôtels côté client, elle n'y a jamais goûté. Alors il faut comprendre, ce cuir c'est vraiment quelque chose, ça fleure toute la littérature surchargée d'illustrations qu'Alice planque dans le tiroir du bas.

Tenancière de maison close, telle avait toujours été la vocation rêvée d'Alice Rivolier. Elle avait échafaudé cette friponnerie la veille de ses douze ans dans la salle d'attente d'un dentiste qui lui avait émaillé la vie bien plus que les dents. Plus jamais elle ne s'en était départie, égayant la fadeur de sa pâle existence au grimoire de ce songe mille fois ressassé.

Sur la table de cette salle d'attente, un magazine féminin titrait : « Fabienne Jamet, née Georgette L., tenancière du célèbre One-Two-Two, 122 rue de Provence, Paris. » On y visitait les dessous de cette maison close connue du Tout-Paris de la fin des années trente. Des images de jeunes filles, épaules dénudées, vertugadins soulignant les hanches, jupes étalées en corolle, étoffes diaprées, peaux diaphanes, maquillage éclatant, boucles brunes ou blondes s'évanouissant à la commissure des lèvres, longues jambes gainées de soie que soulignait une robe fendue.

Il était venu à la petite fille assise sagement sur sa chaise une moiteur aux mains et un émoi jusqu'alors inconnu.

Elle avait tourné les pages une à une… On buvait, on riait, on causait, on baisait, on dansait au son d'un fox-trot ou d'un tango. Toutes ces filles alanguies, cette jolie chair donnée à voir et à toucher, cette lumière faussement solaire qui caressait les corps, Alice les avait convoitées comme un avenir probable, formaté à sa mesure. Mais la vie en avait décidé autrement, on lui avait flanqué ses trois étoiles et ses touristes-à-trois-sous, des bien-comme-il-faut, des bien-propres-sur-eux.

– Bonsoir Nina… Tu cherches quelqu'un… Oh mais c'est qu'elle est toute mignonne la tourterelle !

– J'ai rendez-vous, chambre dix-sept…

– Chambre dix-sept… Voyons voir… Chambre dix-sept…

Alice plante les doigts dans la base de son chignon.

– Mademoiselle aurait rendez-vous avec l'Américain…

– Oui, c'est ça, madame Rivolier. Avec l'Américain…

– Cela ne dérangerait point Mademoiselle que j'avertisse Monsieur de sa visite ?

Nina s'élance déjà dans l'escalier. Alice raccroche le combiné. Elle élève la voix pour s'assurer que la petite gourgandine qui pénètre son antre n'en perdra pas un mot :

– Vous n'êtes pas la première, chère Nina, vous n'êtes pas la première à rendre une visite courtoise à Monsieur… Et j'espère que cela ne vous empêchera pas d'être à l'heure pour le service de demain !

Nina disparaît dans le couloir. Alice guette le grincement de la porte puis le claquement qui s'ensuit. Elle monte sur la pointe des pieds, prend position entre la dix-sept et la dix-neuf, paupières closes, lèvres muettes, exclusivement concentrée sur un seul de ses sens, l'ouïe. Elle doit tenir ça d'un ancêtre dogon, cette croyance qui désigne l'oreille comme organe sexuel de premier choix. Et rien n'exaspère davantage Alice que ces nouvelles normes qui visent à tout insonoriser, comme s'il y avait des choses à cacher, à taire, des cloisons à imposer entre elle et ses clients. Alors elle vocifère, affirmant à qui veut l'entendre :

– Avec leur foutue réglementation, y vont tuer l'petit commerce et, croyez-moi, ce s'ra un sacré bordel !

Elle aime beaucoup ce mot, Alice.

Bordel.

Surtout lorsqu'il est sacré.

La chambre dix-sept est petite. La fenêtre est ouverte. James Nicholson est assis au bord du lit, un cendrier dans la main gauche, une cigarette dans la droite.

– Je vous en prie, entrez…

Nina se tient immobile dans l'encadrement. James Nicholson pose le cendrier sur la moquette. Ils se dévisagent comme s'ils se rencontraient pour la première fois.

– Entrez, entrez… Nina ? C'est bien ça ?

Lissant d'un lent mouvement de paume le pli de sa jupe, elle garde les bras ballants, trop encombrée de ses propres questionnements pour répondre à ceux de l'Américain. Il écarte la chaise de la table basse dans l'angle droit de la chambre.

– Asseyez-vous, moi c'est James… James Nicholson.

Nina s'assied, jambes croisées, paume lissant toujours le pli. James Nicholson prend place en face d'elle sur la petite table, coudes calés sur les genoux, mains jointes en prière. On croirait un prêtre venu porter le dernier sacrement.

– Vous voulez une cigarette ?

Non, elle ne veut pas de cigarette. Ce qu'elle veut, c'est le sucré de sa bouche, celui des œufs à la neige avec la crème anglaise et tout le tralala. Ce qu'elle veut, c'est la caresse de ses mains, la douceur présumée de sa peau, la statue de la Liberté, l'Empire State Building, le pont de Brooklyn, le blues de Memphis, Hollywood et le Sunset Boulevard, les casinos géants de Las Vegas…

Ce qu'elle veut, c'est lui.

Et lui, c'est l'Amérique.

– Oui, je veux bien une cigarette…

La main tendue de Nina tremblote. Elle porte le filtre à sa bouche. Pour ne pas tousser, elle n'avalera pas la fumée. James Nicholson se penche à l'effleurer, faisant jouer la pierre de son Zippo qui résonne dans la pièce d'un claquement métallique. Nina se sent piégée, la tension de ses muscles se lit sur son visage, ses pommettes saillent, ses joues se creusent. Elle avale précipitamment une bouffée de fumée, tente vainement de contenir la toux qui lui irrite la gorge, éclate en une quinte interminable. Nina est asthmatique. Avant qu'elle ne vacille, l'Américain la retient dans ses bras. La cigarette se consume sur la moquette, une odeur de roussi se répand dans la chambre dix-sept. Le sac… Le sac de Nina… Puis un parfum de Ventoline qui fleure le bon goût de la vie.

– Ça va mieux ? Vous m'avez filé une sacrée trouille !

Nina rit, d'un rire saccadé qui secoue sa poitrine victorieuse.

– Vous ne saviez pas ?

– Pas quoi ?

– Que Nina Hartley était asthmatique !

Nina est assise sur le lit, elle tire sur le bas de sa jupe pour couvrir le galbe de ses cuisses. Elle se demande quel âge il peut bien avoir, quarante, peut-être même un peu plus… le double de son âge à elle.

Il ouvre la fenêtre, s'assied sur le rebord, détournant son regard de celui de Nina.

– Voilà… voilà… Je resterai là, à la fenêtre, et vous, assise sur le lit… Je vous donnerai un cahier écrit d'une belle écriture en langue bien française et vous le lirez à haute voix. De cette voix détachée et distante avec laquelle vous énoncez le plat du jour au restaurant. Dix pages chaque jour. Cinquante euros les dix pages. Vous ne me poserez pas de questions et moi non plus. Lorsque vous ne pourrez pas venir, vous marquerez KO au dos de l'addition. Si en revanche vous êtes disponible, vous inscrirez OK. Ça vous va ?

– Et c'est quoi au juste ce que je devrai lire ?

– J'ai dit pas de questions…

– Si je viens vous voir ici le soir, ça va jaser…

– Vous avez un fiancé ?

– Je croyais pas de questions… Oui, j'ai un fiancé !

– Vous allez lui dire ?

– Lui dire que je m'allonge sur votre lit pour vous lire des histoires ?

– Oui…

– Non, je vais lui dire que je m'allonge sur votre lit pour vous faire l'amour… ou pour que vous me fassiez l'amour… Je ne sais pas encore…

– C'est idiot !

– C'est vous qui l'avez dit, c'est ce qu'il y a de mieux à faire !

Cinquante euros les dix pages… Tout ce que Nina voudrait savoir, c'est combien de pages, combien de pages en tout. Sur le petit cahier rouge que l'Américain lui tend, il est inscrit « cahier d'écriture, cent vingt-quatre pages ». Cent vingt-quatre divisé par dix multiplié par cinquante… Les capacités de calcul de Nina ne lui permettront pas de résoudre une telle équation, mais elle a l'intuition qu'Hollywood est à portée de main.

2

Sur le rebord de la fenêtre, James Nicholson restera, immobile, regard coulant au loin par-dessus les toits. Nul ne saurait affirmer qu'il perçut réellement la voix de Nina ni même la berceuse melliflue des mots sur ses lèvres. La voix de Nina, pareille à la lecture du menu du jour.

« À mon fils, aux enfants qui seront les siens. »

Puis sur la page suivante, tournée sans hâte, un raclement de gorge pour seul préliminaire :

> « Ce matin, La Maligne a donné naissance à quatre chiots. Je les ai installés à l'étage, dans la grange. À l'écurie, malgré la chaleur des bêtes, il fait trop froid. J'ai brodé leurs initiales sur une grande couverture que j'ai nichée entre deux bottes de foin. S pour le petit sauvage, M comme melon pour le joli rouquin, N comme noiraud, B comme blanquette pour la petite toute blanche avec de grands poils au menton et, juste en dessous de ces quatre lettres, j'ai inscrit leur date de naissance.

Une chienne peut parfois avoir des chiots de mâles différents dans la même portée. Je crois bien que La Maligne a commis cet exploit.

Je passe ma main dans son épaisse fourrure. Elle se frotte contre moi, grogne en me léchant le front lorsque j'attrape ses petits. Ça sent le lait et l'herbe sèche, ça sent la vie chaude et battante alors qu'au-dehors tout est figé dans les frimas de l'hiver.

Les chiots absorbent mes doigts dans leur bouche tiède. Je les soulève, les retourne, explore leur bas-ventre tout rose et dégarni, leurs oreilles fripées, leurs bouilles aplaties et plissées. Ils n'ont pas encore ouvert les yeux.

La Maligne pousse de petits jappements, remue la queue, me fait basculer de sa grosse tête aveugle contre le foin qui me griffe les joues. Je ris et je la bouscule à mon tour. À quatre pattes, je lui administre de grands coups de tête dans les flancs. Elle couine, s'échappe, revient à la charge. Elle et moi sommes heureuses de ces vies nouvelles. Et tant pis si les mamelles de la vieille Maligne sont vides. Ici le lait ne manque pas, même en temps de guerre.

La guerre… La guerre sur tous les visages, dans toutes les bouches, dans celle des grands, ce que je serai bientôt. La guerre, ils ont la voix qui grelotte lorsqu'ils en parlent. D'ailleurs, le plus souvent, ils n'en parlent pas, ils la chuchotent, comme des Petits Poucets dans la maison des Ogres.

Moi, je ne vis pas avec la guerre. Pas comme les grands. Elle est autour de moi, mais elle n'est pas en moi. Elle ne me pénètre pas, elle ne m'habite pas. Elle est une étrangère avec sa lourde besace sur l'épaule qui fait une halte sur le trottoir d'en face. Cela fait quatre ans qu'elle trépigne. Je n'aime pas ses façons, sa longue robe de satin noir et la coiffe de veuve qui couvre son large front. Ni les gants dentelés qui courent sur ses doigts. Un jour où elle dormira d'un sommeil profond, je la dévêtirai. Je la laisserai transie, recroquevillée dans le froid de l'hiver.

Mais j'ignore s'il arrive à la guerre de dormir d'un sommeil profond. Je crois qu'elle est toujours en éveil, sur le qui-vive, prête à bondir. Alors j'essaie de ne pas la regarder, de ne pas m'en occuper. Elle finira bien par passer son chemin.

Il suffit de ne pas lui offrir l'hospitalité et elle ne videra pas son sac, elle ne l'ouvrira même pas. Parce qu'il lui faudrait une place infinie. La place des Marronniers ne lui suffirait pas, ni même le village entier et tous les champs autour.

Ce qu'elle a à déballer, ça a l'odeur du sang chaud et de la chair écorchée. C'est Niels qui m'en a parlé le premier, avec les quelques mots de français que comptait son vocabulaire. Mais ces quelques mots et ses yeux ont suffi pour que je comprenne ce qui se cache vraiment derrière cette guerre et dont je suis pour le moment à l'abri.

Ce dont Niels m'a parlé… Le camp de Westerbork perdu dans la province de Drenthe. Niels sans père ni mère, redoutant son départ pour la Pologne. Et aujourd'hui, dans sa dixième année, des grands yeux désertés et une vie éloignée de sa Hollande natale.

Oui, Niels m'avait raconté. Les immenses baraques à perte de vue, les châlits de fer, les carcasses amaigries promises à l'épouillage… Et cette odeur qui irrite et mouille encore les yeux de Niels lorsqu'il se la remémore. Cette odeur que Niels m'a transmise, elle est pareille à celle qui s'incruste dans l'étable du père Favier, fin janvier, après qu'on a tué le cochon. Niels me l'a dit, cette odeur c'est cela et rien d'autre, sans nuance, une odeur qui amalgame la chair des hommes à celle des cochons. Dans mes narines, parfois je la sens cette odeur, un remugle qui me retourne les tripes à la croisée d'un chemin, me fait vomir comme une enfant malade.

Tout le reste, je le fais à la façon des grands, par mimétisme, je le fais comme on me l'a enseigné.

Je sauve des Petits Poucets. Non pas parce que ce sont des Petits Poucets, seulement parce que l'Histoire fait que ce sont eux qui sont à sauver. Je sauve des Petits Poucets comme je sauverais les chiots de La Maligne.

Et Niels est un Petit Poucet qui depuis plus d'un an passe les fins de semaine à la maison, dans notre grande ferme du Riocreux.

Je crois que papa et maman l'aiment bien. Ils se sont attachés à lui. Moi aussi, je m'y suis attachée.

Le reste de la semaine, lorsque Niels est au foyer de La Guespy, je sens comme une absence. Ou en tout cas la menace d'une absence.

Pour que les Ogres ne le dévorent pas, je sais que Niels devra partir, fuir encore, sans doute vers le refuge de Genève, guidé par les équipiers de la Cimade à travers la montagne jusqu'à Martigny. Souvent, je pense à ce jour où Niels devra nous faire ses adieux.

Ici, on a toujours abrité, on a toujours offert une couverture à ceux qui avaient froid et on a toujours brodé leurs noms sur nos cœurs. On ne craint ni les aiguilles qui transpercent la peau ni les coutures mal cicatrisées. On en a l'habitude.

Tels sont les préceptes du Sermon sur la Montagne et telles sont depuis toujours nos béatitudes : "Partage ton pain… accueille et protège l'étranger… aide et aime ton prochain."

Nous obéissons à Dieu plutôt qu'aux hommes, nous agissons avec les Armes de l'Esprit. Je me souviens des paroles du pasteur Trocmé dès l'arrivée des premiers Petits Poucets : "Si les Ogres ne parviennent pas tout de suite à soumettre nos âmes à l'idéologie totalitaire, ils voudront soumettre tout au moins nos corps. Le devoir des chrétiens est d'opposer à la violence exercée sur leur conscience les Armes de l'Esprit."

Les Armes de l'Esprit… Je ne sais trop comment les qualifier, je ne sais trop quoi en dire, elles sont comme un baume bienfaisant qui adoucit notre regard sur le monde, et panse les plaies du corps par une plénitude de l'âme, une sorte de félicité intérieure.

Et alors, rien, ni la peur, ni la douleur ou l'angoisse, non, rien ne peut altérer notre foi en l'humanité et notre miséricorde.

C'est peut-être pour cette raison que les Armes de l'Esprit sont inaltérables, parce qu'elles nous empêchent de croire naïvement que notre nature est foncièrement bonne, et nous incitent, pour qu'elle le devienne, à y travailler, à nous consacrer avec toute la ferveur de nos âmes rebelles.

Je suis protestante. Comme mes parents, mes grands-parents, mes arrière-grands-parents. Je vis en terre huguenote. J'y suis née. Je m'appelle Louise. Louise Sorlin. Demain j'aurai dix-sept ans.

Et aujourd'hui, La Maligne m'a offert quatre chiots, quatre chiots de pères différents. Je sais que c'est un adieu, un ultime coup d'éclat. La Maligne est vieille, elle ne vivra pas aussi longtemps que cette guerre interminable.

Je roule mon corps contre les initiales dorées de la couverture. Je m'imprègne du parfum laiteux des chiots et de leur mère. J'ai peur de m'extirper de ce ventre tiède, du ventre de La Maligne. J'ai peur de mes initiales gravées sur la pierre d'une tombe. J'ai peur de la guerre. J'ai peur. Demain, je serai grande. J'irai prier au temple. J'irai dire à Dieu que j'ai peur.

Et sur le chemin qui mène à Dieu, comme chaque jour qu'Il fait dans Sa grande bonté, je compterai les Ogres. Je leur attribuerai un numéro, petit ou grand, que je noterai dans le cahier rouge. Puis je triturerai cette question dans ma tête, toujours la même : Pourquoi le chemin qui mène à Dieu est-il parsemé d'Ogres ?

Mais Dieu, je le sais, reconnaîtra les siens. »

James Nicholson remercia Nina. Ils se séparèrent sans un regard, sans prévenance particulière, comme si rien ne pouvait être échangé qui ne fût indécent après la lecture des premières pages du cahier rouge.

L'Américain avait entendu, soupesé, interprété chacun des mots sur les lèvres de Nina. Un savoir essentiel lui était échu – le cahier rouge racontait l'histoire de Louise –, mais il se sentait dépourvu de la moindre légitimité à pénétrer cette histoire. Cela s'imposa telle une évidence, une révélation douloureuse et brutale qu'il formula à voix haute dans le silence de la chambre dix-sept : James Nicholson, tu entres dans la vie de Louise au moment où Louise vient de quitter la vie. À présent ce hasard le hantait, au point qu'il ne pouvait plus même envisager que ce fût un hasard. Il était forcément pour quelque chose dans cet enchaînement des faits, sa venue avait inexorablement entraîné la mort de Louise et il attendait avec hâte que la vérité se révélât, avérant la culpabilité qui l'avait assailli au premier jour.

Était-il détenteur de cet héritage écrit à l'encre bleue sur un cahier rouge, ponctué de grands blancs entre les lignes ? Bleu, blanc, rouge, une histoire de France. Pas celle inscrite dans les livres officiels, qu'on lui avait enseignée à la Sorbonne, dans ses jeunes années, là où son père l'avait envoyé après qu'il eut étudié à New York au lycée français de l'Upper East Side. Lui, James Nicholson, parfait petit Américain, fier de son nom et dévoué à sa patrie, pourquoi avoir souhaité qu'il s'imprégnât de la belle langue de France, de sa culture, de son histoire ? Et pourquoi ce père recroquevillé sur son lit, muet depuis des mois, plus un cheveu sur le crâne, ce père rongé par un cancer qui n'en finissait plus, pourquoi avait-il tendu ce petit papier avec l'adresse de Louise, une maison de retraite en France, sur les terres d'un village nommé Le Chambon-sur-Lignon ? Ce petit papier tendu avec un pâle sourire aux lèvres alors que son visage était figé depuis si longtemps. De sa bouche désincarnée avait jailli une voix épaisse qui n'était pas la sienne, une voix qui avait dit : Louise, c'est ta grand-mère de France.

Puis il avait fermé les yeux.

Il était mort avec ce sourire collé aux lèvres.

Ce sourire et toute la France de Louise.

Collés aux lèvres.

« À mon fils, aux enfants qui seront les siens. » Cette phrase sur le cahier rouge, James Nicholson l'avait lue à voix basse, et il était le seul enfant du seul fils de Louise. Mais ce n'était pas suffisant. Louise était partie sans lui faire don de cette histoire. D'ailleurs,

Louise ne l'aurait peut-être pas reconnu, comment l'aurait-elle pu, elle qui ignorait tout de ses traits. Elle aurait sans doute dit en baissant les yeux : Cet homme n'est pas mon petit-fils. Elle l'aurait renié malgré le papier avec son adresse écrite de la main de son propre fils – Louise Sorlin, résidence des Sycomores, rue du Pasteur, Le Chambon-sur-Lignon, France. Elle l'aurait laissé amputé, orphelin de sa mémoire et de ses gènes, sans nom, sans carte d'identité, sans fondation ni ciment. Elle l'aurait laissé telle une ruine sur un terrain vague. Elle l'aurait laissé en friche. Ou, au contraire, elle l'aurait longuement embrassé, sanglotant sous le coup de l'émotion, lui répétant : C'est donc toi mon petit, tu es enfin venu, passant ses doigts sur son visage, s'attardant sur la barre broussailleuse des sourcils, revenant sur la protubérance des pommettes, dessinant le contour de la bouche de son index tremblant puis prenant ses mains dans les siennes, les baisant tendrement, les mêmes longues mains, la gauche plus musclée, plus large, une main de tennisman, une main de coups droits et de smashs. Il ne saurait jamais. Il ne pourrait que supputer, se balancer de l'une à l'autre de ces hypothèses chaotiques jusqu'à s'y rompre le cou.

Il caressa le cahier en murmurant : Louise est morte. Les mots du petit cahier rouge, il pourrait se résoudre à les entendre, mais il ne pourrait pas les lire.

Alors que le couchant avait déjà baigné d'ombres la chambre dix-sept, James Nicholson se garda d'actionner l'interrupteur. Depuis la fenêtre, il suivit du regard la silhouette de Nina qui glissait, légère et soyeuse, parmi les passants attardés aux terrasses. Lorsque celle qui serait désormais la voix de Louise échappa à son champ de vision, il se laissa tomber sur le sol, rassembla ses genoux contre sa poitrine, cacha son visage dans ses mains et se remémora chaque scène de la journée terrible.

En tout début d'après-midi, James Nicholson avait marché d'un pas hésitant en direction de la résidence des Sycomores. Ce rendez-vous le tourmentait davantage à chaque foulée, ravivant l'appréhension diffuse qui l'avait garrotté dès son arrivée au village. Il savait que là-bas, de l'autre côté du grand portail émeraude, ses pas le porteraient jusqu'à la chambre de sa grand-mère de France.

Il avait poussé la porte de la résidence, appuyé sur la sonnette « appel », et une infirmière était venue. L'annonce lui avait alors été faite sans ménagement, d'une voix peu affable qui avait semblé à la fois reconnaître son lien de parenté avec Louise et souligner les manquements dont il s'était rendu coupable. Et voilà l'annonce qu'avait assenée cette voix peu affable :

– Votre grand-mère nous a quittés ce matin, alors qu'elle attendait votre visite… Vous savez, Louise, c'était une sacrée bonne femme…

Non, il ne savait pas. Non, il n'était pas concevable que ce matin même, pendant qu'il retardait l'échéance, qu'il errait dans les rues du village, Louise ait pu faire ses bagages et ait quitté les lieux. Non, James Nicholson n'avait pas pu rater son rendez-vous avec Louise Sorlin.

Il avait fixé l'infirmière d'un air réprobateur, persuadé que cette femme avait soufflé à l'oreille de Louise : Un petit-fils en retard pour un tel rendez-vous, on ne l'attend pas !

Il s'était campé face à elle.

– Et Louise vous a-t-elle au moins laissé une adresse ?

– Mais monsieur… Louise est morte ce matin.

L'infirmière l'avait d'abord accompagné jusqu'à la chambre d'où le corps de Louise avait déjà été retiré. C'est à lui que revenaient les affaires personnelles de la défunte, oh pas grand-chose, non, Louise n'avait pas grand-chose… La blouse blanche avait arpenté les couloirs sans mot dire, reniflant dans son mouchoir, balayant furtivement un pleur. Le galbe de ses fesses faisait tanguer le coton de la blouse qui découvrait ses jambes jusqu'à hauteur de genoux. Sur son mollet gauche, un grain de beauté éclatait, pareil à une étoile dans le firmament rose de la peau. James Nicholson lui avait emboîté le pas. Il avait arpenté à son tour les longs couloirs aveugles, serrant une boîte d'orangettes enrubannée sous le bras. En entrouvrant la porte, l'infirmière aux yeux rougis s'était exclamée, portant l'estocade de cette phrase assassine :

– Louise n'aimait pas les orangettes !

Elle l'avait dit froidement, puis elle avait ajouté :

– Lorsque vous aurez récupéré les affaires de Louise, je vous conduirai à la chapelle.

Il s'était assis sur le lit. Il n'avait rien demandé. Comment Louise était partie, si elle avait été malade, si elle avait beaucoup souffert. Aucun sanglot n'avait roulé dans sa gorge. Il était venu pour voir Louise, il verrait Louise.

Il l'avait alors imaginée toute petite, recroquevillée sur son fauteuil. Elle portait un châle mauve sur les épaules, ses cheveux étaient remontés en chignon, ses mains frêles croisées sur ses cuisses grenues de froid. Il ne savait pas pourquoi, mais dans la touffeur de cette chambre surchauffée, il avait supputé que Louise ne pouvait qu'avoir froid. Cette image l'avait submergé, une vieille femme grelottant derrière une fenêtre, le regard vide, la chair bleuissante, une vieille femme seule, sa grand-mère de France.

Puis il s'était levé, s'était approché de la petite table où étaient disposées quelques photos encadrées. L'une devait être récente, Louise sans doute pour son dernier anniversaire. On ne discernait pas bien son visage, on devinait son sourire édenté derrière la main qu'elle tenait contre sa bouche. Elle était vêtue d'une robe à fleurs avec un liseré de dentelle. Devant elle, un gâteau et des bougies. Huit, un, quatre-vingt-un, c'était donc l'âge de Louise. Dans un autre cadre, ce n'était pas une photo, seulement une coupure de presse. L'article était titré : « James Nicholson, un nouveau champion est né sur le cours de Melbourne. » On y voyait un jeune garçon en short blanc brandir une coupe. Juste en face, dans un petit cadre ovale, une femme en robe claire avec une couronne de fleurs : « Louise Sorlin, Wimbledon, octobre 1949. » Elle tenait une raquette de tennis dans sa main gauche et portait une médaille à ses lèvres. Dans le quatrième cadre, la photo était plus ancienne. Une femme brune devant un poste de radio et une jeune fille portant un rat sur son épaule, toutes deux assises sur une botte de foin. Face à elles, sur un tabouret, une bouteille de vin ouverte. Les femmes riaient. En bas à droite, il était inscrit : « Virginia Hall, Le Chambon-sur-Lignon, juin 1944. »

La vie de Louise était résumée là, et James Nicholson y figurait en bonne place. À la vue de la coupure de presse, il avait ressenti une gêne profonde de l'intimité qu'elle tissait entre Louise et lui. Il avait alors commencé l'inventaire dans une précipitation confuse, traquant les indices d'un complot dont il ignorait jusqu'au mobile. Et cela ne l'aurait pas vraiment surpris de découvrir ses propres empreintes, sa propre odeur, ses propres cheveux épais et blonds sur les lieux d'un crime qu'il lui semblait toujours ne pas avoir commis.

Au pied des cadres, une boîte de chocolats Weiss. Sur le mur, au-dessus du lit, une petite croix en bois. Dans la salle de bains, une serviette, un gant de toilette, un flacon d'eau de Cologne, un pot de Vicks. Dans l'armoire, deux châles au crochet, une robe rayée, une autre en jacquard, trois gilets et deux manteaux en laine. Sur le rayonnage du bas, des couvertures empilées. Sur la table de nuit, une paire de lunettes. Dans le tiroir de la table de nuit, un écrin mauve protégeant un médaillon. Dans l'autre tiroir, une montre, un foulard en soie bleu, un cahier rouge. Machinalement, James Nicholson s'était emparé du cahier. Il était retourné sur le lit, avait calé son dos avec un oreiller. Louise, elle, avait pour habitude d'en disposer trois sous sa tête. Ainsi, elle se tenait bien droite, couchée bien droite, et l'air confiné de ce mouroir aux effluves de camphre et de menthol affluait dans ses poumons atrophiés, juste en deçà de cette poitrine qui n'avait jamais nourri d'enfant. Un fils, Louise avait eu un fils qu'elle n'avait pas vu grandir. Cette absence l'avait à jamais privée d'air, elle l'avait laissée suffocante, essoufflée au moindre geste, à l'aube de ses dix-sept ans.

Calé contre les oreillers qui dégageaient une forte odeur d'eau de Cologne, il avait ouvert le cahier. Sur la première page courait une écriture à l'encre bleue, serrée, légèrement anguleuse : « À mon fils, aux enfants qui seront les siens. »

Il ne s'était pas engagé plus loin. Il avait allongé son grand corps dolent sur le lit trop court où ses pieds flottaient dans le vide. Il s'était échoué, naufragé sur un radeau surpeuplé de visages suppliciés, corps décharnés qui réclamaient leur dû, faciès émaciés, ceux de ses propres aïeux avec les mêmes yeux fous que les siens, les mêmes mains longues, la même saillie de la glotte. Des silhouettes toutes semblables à la sienne. Il avait ramé, cloué sur ce lit, secoué par le flux qui courait dans ses veines, un bouillonnement transmis de génération en génération. Il héritait de ce radeau ballotté par les flots où s'abritaient les siens. Combien étaient-ils ? Trop sans doute. Certains seraient pris par la mer, certains mourraient de faim, d'autres seraient reniés, jetés par-dessus bord. Il avait eu beau ramer de toutes ses forces, cela ne changeait rien. Il avait pensé au tableau de Géricault *Le Radeau de la Méduse*, et un charnier avait pris place dans sa tête. Il avait hurlé le nom de Louise et les autres, tous les autres, tous ceux par qui Louise était née, tous ceux dont il ignorait le nom. Il les avait appelés à lui. Puis il avait enfoui sa tête sous un oreiller. Suffoquant. Manquant d'air. Gémissant. Larmes inondant ses yeux clos. Il avait eu mal, si mal. Avait souhaité que Louise fût là, souhaité qu'elle se gavât d'orangettes enrubannées. Assise sur son fauteuil, en face de la fenêtre, réchauffée par la tiédeur des mots.

Souhaité que Louise fût heureuse, ici, avec lui.

Jamais Louise ne lui avait tant manqué.

Jamais personne.

L'infirmière était réapparue, entrant sans frapper. Elle l'avait trouvé recroquevillé sur le lit, visage raviné, blanc du sel rongeant le saillant des pommettes, cheveux ébouriffés.

Il avait péniblement levé les yeux vers elle.

– Qu'est-ce qu'elle aimait, Louise ?

Pour toute réponse, l'infirmière avait tourné la tête, signifiant qu'elle repasserait plus tard. De la même voix lasse, il avait réitéré :

– Qu'est-ce qu'elle aimait, Louise ? Puisqu'elle n'aimait pas les orangettes, qu'est-ce qu'elle aimait !

Sur le pas de la porte, il avait saisi brutalement le bras de l'infirmière.

– Qu'est-ce qu'elle aimait !

L'infirmière avait tenté de se dégager. Elle avait balbutié :

– Elle… elle aimait parler de vous… broder vos initiales sur des couvertures… C'était tout le bonheur de Louise…

James Nicholson avait sorti les couvertures une à une, les avait dépliées soigneusement sur le lit. Il en avait compté dix-huit, toutes avec les mêmes initiales. J.H.

Le bonheur de Louise, c'était son prénom.

Mais ce n'était pas son nom.

Il était descendu dans le hall des Sycomores où la directrice l'attendait. Elle attendait James Nicholson, le petit-fils de Louise Sorlin, James Nicholson et ses mauvaises manières et sa façon de se croire tout permis parce qu'il venait de l'autre côté de l'Atlantique. L'infirmière était passée aux aveux, la directrice fulminait.

– On va tout de même pas se laisser faire ! Y en a d'autres qui perdent leur grand-mère, c'est la vie ! Et ceux-là, au moins, s'en étaient occupés.

La directrice était une force de la nature, menton pointu, os en saillie sur la chasse du front. Mais en dessous, tout débordait, un cou de taureau et, plus bas, le cœur enseveli sous la poitrine. Les bras boudinés faisaient péter la soie du chemisier écru. Une femme de poigne, une boxeuse, une bête de ring qui ne mesurait pas la portée des coups, qui jouait le KO au premier round parce qu'elle ne tenait pas la distance.

– Il faudrait me dire ce que vous comptez faire pour Louise, elle avait parlé plusieurs fois de crémation…

Coup droit en pleine face. Ce qu'il comptait faire pour Louise… Il était resté sonné sur le ring. Ce qu'il comptait faire pour Louise… Brûler Louise… Lui qui n'avait jamais rien fait.

Il avait tendu la boîte d'orangettes à la directrice, qui n'en ferait sans doute qu'une bouchée. Il l'avait tendue calmement, comme on rend les gants avant même que le combat n'ait lieu.

– C'est pour vous, chère madame, pour vous remercier de… de quelque chose de bien que vous auriez fait pour Louise…

Elle s'était emparée du présent sans rechigner.

– Alors cette crémation, vous êtes d'accord ?

Non, il n'était pas d'accord.

Il avait laissé choir les deux sacs-poubelle dans lesquels étaient entassés les vêtements et les couvertures, des sacs à incinérer, seule différence entre les corps et les déchets. Crémation. Incinération.

– Les cendres de Louise éparpillées dans un jardin du souvenir, c'est bien ça ?

Mme la directrice s'était dressée bien droite, luttant contre l'affaissement, levant vers le ciel ses gros bras tavelés, fauve des aisselles au vent.

– Mais nous avons aussi un columbarium, monsieur, ce n'est pas la jungle ici !

– Nom de Dieu ! Un columbarium ! Vous n'y pensez pas !

– C'est comme vous voudrez, monsieur, mais il faut vous décider, au-delà de trois jours, c'est à la famille qu'incombent les frais de garde !

Combien de fois avait-elle prononcé cette phrase qui valait sommation ? Elle la chantonnait presque, avec une insistance jouissive sur le mot « incombe ».

Il avait ramassé les sacs, les avait hissés sur son épaule.

– Incombe, madame, incombe… il faut le faire rimer avec colombe… Il faut y réfléchir.

Il avait franchi la porte des Sycomores en répétant :

– Incombe… Colombe… Incombe… Colombe…

Jusqu'à la petite chapelle, il avait scandé ces mots, pied droit incombe, pied gauche colombe, les avait scandés d'un pas élastique qui faisait affront à la mort.

Quatre bancs en bois étaient alignés de part et d'autre de l'allée centrale. Sur un des bancs, un jeune homme était assis, jambes repliées contre le torse. Il fixait le plafond de la chapelle. De son regard figé s'écoulaient des larmes silencieuses qui venaient mourir sur le carrelage. Lorsque James Nicholson était entré dans son champ de vision, il avait bondi au sol, détalant comme un gibier débusqué, hurlant avant de franchir la porte :

– S… Sss… Suis Pierre…

Les murs et les plafonds avaient répété : Suis Pierre, Suis Pierre, Suis Pierre…

James Nicholson avait répondu : Incombe, colombe.

La porte de la chapelle s'était refermée sur la silhouette de Pierre.

Une croix en fer était accrochée au mur du fond. Juste en dessous, encastré dans la partie droite, le cercueil réfrigéré où Louise reposait.

Combien de temps James Nicholson était-il resté debout, ne quittant pas des yeux le beau visage émacié de Louise, ses cheveux de cendre parfaitement arrangés, sa robe à fleurs, ses longues mains jointes à la croisée des cuisses, des cuisses qui ne grelottaient plus, ses lèvres crayeuses qui taisaient une histoire gercée de regrets, ses paupières closes qui ne lui diraient jamais la couleur de ses yeux.

Il ne l'avait pas embrassée.

N'avait pas posé ses mains sur les siennes.

Il était resté.

Il avait veillé.

Le corps de Louise.

Le visage de Louise.

L'ombre grandissante des ailes de colombes qui couvaient sous sa peau.

La blancheur de ses tempes.

Si pâles.

Combien de temps…

Le temps de reconnaître.

Reconnaître Louise qu'il ne connaissait pas.

3

AU SOIR DE LA DEUXIÈME LECTURE, Nina pénétra dans Le One Toutou par la porte de service afin de s'épargner la risée d'Alice Rivolier qui devait veiller au grain – cette vieille vicieuse frustrée qui écoutait aux portes et s'émoustillait de littérature pornographique. Nina en eut d'ailleurs la preuve irréfutable. Avançant sur la pointe des pieds dans le couloir, elle tomba nez à nez avec cette pauvre Alice plantée comme une vigie derrière la porte de la chambre dix-sept. S'ensuivit une querelle qui ébranla murs et planchers et, sans l'intervention de James Nicholson, il est probable que ces deux-là en fussent venues aux mains.

Nina s'allongea sur le lit. L'Américain lui tendit le cahier rouge, se plaça face à la fenêtre ouverte, alluma une cigarette. La voix de Nina déferla en vagues irrégulières, au bord de l'extinction, après que l'altercation avec la patronne du One Toutou en eut noyé l'éclat.

« Il s'appelle Franz, il est très beau garçon et surtout il est très gentil avec moi. Avec tout le monde en général, mais avec moi en particulier. Lors des visites de ses supérieurs, il porte l'uniforme des Ogres. Le reste du temps, il ressemble à nous tous.

La première fois que je l'ai croisé, il sortait de l'hôtel du Lignon où sont installés les Ogres blessés ou convalescents. En ce moment, ils sont quatre : les Ogres 12, 324, 1032 et 121. Les autres, ceux qui sont en activité, ont pris possession de La Châtaigneraie, une grande bâtisse à l'écart du village.

Hier, j'ai vu le 17 et le 934 qui parlementaient sur le trottoir, les choses n'avaient pas l'air d'aller comme ils le souhaitaient. Bien sûr, sans mot dire, j'ai passé mon chemin.

Depuis trois jours, Franz n'a plus son bras en écharpe, ce grand drapeau blanc en étendard qui le couvrait du poignet à l'épaule, qui le tenait hors de la guerre. Alors je me dis qu'il va bientôt partir et je n'ai pas envie qu'il parte, je n'ai pas envie qu'il me laisse seule avec la guerre.

Tout ce qu'on s'est dit, lui et moi, on se l'est dit avec les yeux. Parce qu'il ne parle pas un mot de français et moi pas un mot de la langue des Ogres. Ce n'est pas tout à fait juste. Il sait dire Louise. Et je sais dire Franz.

Avant-hier, pour mon anniversaire, il m'a offert des fleurs, des fausses. J'ignorais qu'on pouvait être enivré par un parfum de fleurs, des fausses… Je sais qu'il les a volées au cimetière, mais ça n'a pas d'importance. C'est la guerre.

Je l'ai embrassé sur la joue et j'ai senti sa main effleurer mes cheveux. Des larmes me sont venues que je n'ai pas chassées, puis un frisson dans le creux de mes reins que je n'ai pas su contenir, un chamboulement dans tout le corps que je n'avais encore jamais éprouvé et qui me revient toujours depuis, lorsque je pense à lui.

Mon père a jeté les fleurs sur le tas de fumier. Il a hurlé : “Je veux rien sous mon toit qui vienne de ces salopards !” Il veut parler des Ogres, mais il se trompe, moi je sais que Franz n'est pas un Ogre.

Mon père m'a giflée sur les deux joues, un smash et un revers. Il m'a fait jurer de ne pas le revoir. J'ai juré. Devant Dieu. C'est la guerre.

J'ai ramassé les fleurs sur le tas de fumier et je les ai lavées une à une. Je les ai mises sur la couverture de La Maligne, cachées derrière les bottes de foin. Les chiots n'arrêtent pas de les mordiller. À présent, elles ressemblent vraiment à des fleurs de cimetière.

Mon père ignore que j'ai gardé toute la portée de La Maligne, je devais ne garder qu'un chiot pour la montée de lait. Je devais noyer les autres. C'est la guerre. “On a assez de mal à nourrir les hommes, on ne va pas en plus nourrir les chiens”, c'est ce qu'avait dit mon père.

Alors, moi aussi, comme les grands, désormais j'ai mes réfugiés, mes Petits Poucets égarés qui ne sont pas près de voir la lumière, ma petite colonie de survivants qu'il faut protéger de l'extermination.

Extermination. Je ne connaissais pas ce mot, avant. C'est la guerre qui me l'a appris, avec, piégées à l'intérieur, les quatre lettres de “mine”.

Pendant longtemps je n'ai plus osé m'aventurer sur les sentiers. Même dans les rues du village, je marchais comme sur des œufs. J'attendais le bruit assourdissant de la déflagration qui me défigurerait et m'arracherait les jambes. La nuit, je m'entraînais avec tant d'entêtement à ces pas de danseuse que j'en avais les chevilles enflées et des crampes aux mollets. C'était une question de vie ou de mort.

Extermination. Maintenant je sais ce que ça veut dire. C'est comme noyer des chiots. Je sais que ça ne fait pas de bruit.

Ma mère m'a menacée de me coudre la bouche si je ne cessais de répéter : C'est la guerre. Pourtant, je trouve ça bien arrangeant. Lorsque je ne vais pas à l'École Cévenole, lorsque je ne mange pas ma soupe, lorsque je fais preuve d'insolence, c'est tout simple, il n'y a qu'une seule et bonne raison : c'est la guerre.

Et lorsque les prix flambent à la boulangerie, lorsque les traîtres sortent tête haute, front crânant, lorsque les regards se détournent pour mieux dénoncer, lorsque le marché noir creuse la tombe des uns et gonfle le matelas des autres, encore une seule et bonne raison : c'est la guerre. Ma mère prétend que, justement, ce n'est pas une raison, que c'est même tout le contraire d'une raison.

Au temple, parfois je demande à Dieu pourquoi Il n'intervient pas davantage, pourquoi Il ne fait pas un peu de ménage. Il ne me répond pas, Il n'apporte pas un dé à coudre de réponse à ce grand tricotage qui plante ses aiguilles dans les mailles distendues de mon cerveau. Alors je reste nouée comme une vieille pelote effilochée. Mais je ne peux pas Lui en vouloir. Peut-être que là-haut aussi, là où Il se tient, dans le royaume des Cieux, c'est la guerre.

Pourtant, en mon for intérieur, j'éprouve un sentiment de honte en prononçant cette phrase : c'est la guerre. Parce que, au fond, malgré les récits de Niels et de tous ceux venus des camps du sud de la France, de Belgique, d'Allemagne, de Pologne, d'Autriche, de Hongrie ou d'ailleurs, je ne sais toujours pas grand-chose de cette guerre. Je n'en sais que des récits, des cauchemars rapportés de si loin.

À vrai dire, ici, en terre huguenote, les prix n'ont pas flambé à la boulangerie, les traîtres ne crânent pas, de traîtres, il n'est d'ailleurs point question et le marché noir n'est que pain blanc pour les déshérités.

Combien sommes-nous, juifs, catholiques, orthodoxes, protestants… Combien sommes-nous à connaître les pensions qui abritent les Petits Poucets… Les Grillons, la Maison des Roches, la Guespy, l'Abric, Tante Soly, le Côteau fleuri et tant d'autres.

Et toutes les organisations, française, suisse, américaine ou russe, qui essaiment au gré des rues et des hameaux leur flot de faux papiers, leurs grappes de Petits Poucets, extraits par miracle des maisons des Ogres puis protégés dans La Montagne.

Combien sommes-nous à connaître les prêches du pasteur Trocmé invitant avec détermination à la désobéissance civile : "Ne respectons pas la loi des hommes si elle porte atteinte à nos consciences." Et pourquoi, malgré les risques encourus, que nous mesurons tous, oui, pourquoi, du professeur au docteur, du boucher à l'épicier, de l'agriculteur au garde champêtre, demeurons-nous ainsi unis, courbant l'échine mais ne pliant pas ? Pourquoi, si ce n'est par la volonté d'un Dieu, quel qu'il soit et peu importe la façon dont chacun se le figure ?

Ce Dieu nous a-t-il choisis ? Nous a-t-il façonnés afin que nous soyons plus que d'autres enclins à la tentation du bien ? Et s'il en est ainsi, est-ce un fardeau ou une bénédiction ? »

Nina referma le cahier rouge. Elle bredouilla :

– Je voulais vous dire… que… que je ne pourrai pas… enfin… je ne pourrai pas venir tous les soirs.

Le regard de James Nicholson était las, inexpressif, si bien que Nina douta de son entendement. Elle formula autrement sa requête, optant pour un ton interrogatif qui appellerait une réponse, un acquiescement, un signe de tacite approbation.

– Ça ne vous dérange pas si je ne viens qu'un soir sur deux ?

Les mots affleurèrent lentement sur la bouche de l'Américain :

– Non, ça ne me dérange pas, j'ai le temps, j'ai tout mon temps.

Il y eut dans sa réponse tant de résignation que Nina se sentit contrainte de justifier sa défection.

– C'est Pierre, mon petit ami, vous comprenez… on se voit plutôt le soir et, lorsque je vous fais la lecture, après je suis tellement fatiguée que je n'ai plus envie de le voir… et puis Pierre, vous comprenez… Pierre, il pense que vous et moi… vous comprenez…

James Nicholson acquiesça. Il comprenait, bien sûr qu'il comprenait, pour quelle autre raison se serait-il enfermé chaque soir dans cette chambre avec Nina si ce n'était précisément pour comprendre ? Il entrouvrit la porte et remercia Nina.

– Faites comme vous voudrez, Nina, ça n'a pas d'importance.

Elle hésita, chercha vainement une formule de bienséance qui aurait allégé son départ, murmura un au revoir du bout des lèvres. Et comme il lui sembla que cela fut trop sec, trop bref, trop lâchement évasif, elle ne put s'empêcher d'ajouter :

– À demain.

Depuis un an bientôt, Nina est la petite amie de Pierre. Mais rien ne prédisposait Nina à devenir la petite amie de Pierre, rien si ce n'est cette langueur lovée au creux des reins, cette poétique de la cambrure lascive s'inscrivant chez elle comme une prédisposition naturelle. En matière de sexe, ce que Nina désirait, elle l'obtenait généralement sans délai. Ce corps athlétique, le corps de Pierre, taillé comme une pièce de chêne dont les muscles saillaient sous des tee-shirts trop ajustés, ce corps et toute la sauvagerie qu'il exhalait, Nina les avait convoités puis capturés puis consommés. Ils s'étaient aimés sans préliminaires, tous deux happés par la conclusion dont l'issue plus que certaine leur était apparue dans une même bestialité impérieuse et farouche.

Nina avait ainsi été la première conquête de Pierre. Les autres, croisées au camping ou sous la lumière crue des bals annuels, n'en avaient pas voulu. Elles avaient eu tort et Nina vantait les incroyables vertus de la marchandise auprès de qui voulait l'entendre. Elle faisait l'article aussi bien que la mère Sartou derrière son étal, avec ses steaks hachés pur bœuf et ses saucisses aux herbes.

Pierre avait montré à sa voisine une lettre qu'il avait écrite pour Nina. Il la lui avait montrée parce qu'elle n'était pas n'importe qui, elle s'appelait Emma, la voisine de Pierre, Emma Bovy.

Ma petite Nina

Je suis allongé dans l'herbe perlée de la rosée du matin. Je regarde les nuages qui flottent dans le ciel. Ils vont et viennent et se mélangent. Ils sont comme toi et moi. Ils sont doux et pas finis. Ils changent de forme et s'affolent au moindre vent. Ils ne sont pas d'ici. Ils ne sont pas d'ailleurs. Ils sont de nulle part. Ils sont en exil. Toujours en exil. Parfois, l'un d'eux te ressemble. Alors je tends les bras vers le ciel. Je suis tout petit Nina. Il faut que tu t'approches pour que je puisse te toucher. Il faut que tu t'approches et que tu n'aies pas peur. Vois comme je tends les bras vers toi. Je ne discerne plus dans ce ciel en tourment ce qui est ta folle chevelure de ce qui est ta petite toison humide. Je les aime indifféremment l'une et l'autre. Je veux me répandre tour à tour dans l'une et l'autre. Regarde comme mes bras sont forts. Comme mes mains sont ouvertes. J'ai mal Nina. J'ai mal de cette contraction des muscles tout entière dévolue à te toucher. Ne laisse pas le vent se lever. Ne t'en va pas Nina. Sinon mes bras mes mains ne serviront plus à rien. Sinon je n'effleurerai plus jamais le cœur des nuages.

Emma avait lu à voix haute et elle avait dit : « Comment peut-on être si bête et si bien écrire ! » Elle avait oublié que Pierre était là. Après quoi, elle lui avait demandé pardon, lui assurant que non, bien sûr, il n'était pas si bête. D'ailleurs, elle avait ajouté qu'il n'écrivait pas si bien, qu'il devrait apprendre l'usage de la ponctuation : « La virgule, ça adoucit, c'est moins tranchant que le point ! »

Pierre avait pensé qu'Emma, en cet instant précis, n'était pas la plus habilitée à prôner la douceur. Mais ce qui importait était qu'Emma – même Emma tranchante – ne lui retirât pas son affection et qu'elle continuât de lui prêter des livres. Ces mots que Pierre affectionnait tant et qui demeuraient aujourd'hui cousus sur ses lèvres, il les réapprenait en secret dans les livres d'Emma. Mais jamais plus il ne les crierait à la face du monde.

Aphasie, tel était le premier mot que Pierre avait réappris. Aphasie, il savait le dire et le chanter, le claironner sous la lune ronde et rousse.

Comme un prénom de femme aimée.

Aphasie.

Ô belle Aphasie.

4

UNE ARAIGNÉE TISSAIT SA TOILE dans l'angle du plafonnier de la chambre dix-sept. Longtemps, James Nicholson attendit qu'une mouche y fût piégée. Bras en croix, il patienta, espéra, guetta l'arrivée imminente de la proie, puis observa la lente agonie de l'insecte battant vainement des ailes dans un bourdonnement bientôt imperceptible. Quelle aura été l'existence de cette mouche ? Combien de temps aura-t-elle vécu ? Qui se souciera de son absence au royaume des diptères ? Qui la regrettera ? Il esquissa un mouvement de main salvateur en direction du plafonnier. Se souvint que le monde était fait de proies et de prédateurs. Se ravisa. Retint son geste. Ouvrit à Nina qui venait de toquer à la porte. Balaya d'un méchant coup droit l'araignée, la toile, la mouche agonisante. Sembla un instant satisfait du carnage.

« Ce matin, j'ai rendez-vous au presbytère avec Magda Trocmé, la femme du pasteur. En chemin, je croise l'Ogre 324 qui sort de la boulangerie, c'est peut-être maman qui l'a servi. Il me dit : "Bonjour Fräulein", il me le dit respectueusement avec un salut de convenance et je bredouille à mon tour : “Bonjour monsieur” en baissant les yeux.

L’Ogre 324 est celui qui m’effraie le plus. Il a une petite moustache comme le roi des Ogres. C’est Hanne de la pension des Grillons qui me l’a dit. Elle m’a montré une photo, un portrait du roi des Ogres qu’elle cache sous son lit et auquel elle jette des mauvais sorts.

Magda repousse la porte derrière moi. Dans la salle à manger, la grande table est parée d’une nappe à rayures basque. Des géraniums égaient les fenêtres. Nelly, la fille des Trocmé, est installée au piano. Elle joue *la Marche turque*, et je ne peux m’empêcher de penser qu’elle couvre ainsi, à sa façon, la marche du temps que scande la grande horloge comtoise campée près de la porte.

Jispa se tient debout devant la table. Ses talents de calligraphe en font la préposée aux fausses signatures sur les cartes d’identité et d’alimentation des Petits Poucets. Une âme de faussaire avec un cœur si juste. Elle fait tourner son chapeau sur sa tête toute ronde, tire la langue avec application.

Son vrai nom est Alice Reynier, elle est arrivée d’Avignon pendant l’hiver 1942. Elle s’est elle-même attribué ce surnom de Jispa : la JoIe de Servir dans la Paix et dans l’Amour.

Chacune de ses fausses cartes d’identité est comme la naissance d’un nouveau-né et les cartes d’alimentation pareilles à du lait nourrissant qui coulerait à flots de sa poitrine.

Quand je serai grande, je voudrais être comme Jispa. Je voudrais être la joie, la paix et l'amour. Je voudrais avoir l'odeur du lait. Comme Jispa. Et comme La Maligne.

Sur la grande table, une pile de raquettes de ping-pong. D'un côté de la plaque de bois, le revêtement en liège. De l'autre côté, le bois nu dans lequel a été taillée une encoche rectangulaire. Je m'assieds en face de Magda et nous nous mettons à l'ouvrage. Nous plaquons les fausses cartes d'identité dans le logement dédié à cet effet et nous collons par-dessus des revêtements en liège.

À l'aide d'une balle, nous testons chacune des raquettes. Nous le faisons comme le font les Ogres. Si la carte a été bien plaquée, la balle rebondit parfaitement. Dans l'autre cas, ça fait un léger "pfff" et la balle s'aplatit contre le revêtement.

C'est à cela que tient une vie de Petit Poucet. Au bruit que fait une balle sur une raquette de ping-pong.

Lorsque le pasteur Trocmé est revenu du royaume des Ogres, il n'a pas raconté, il a posé la main sur l'épaule de son fils et il a dit : "Pardonnons-leur, ils ne savent pas ce qu'ils font." Puis il a ajouté : "Il faut produire plus de faux papiers, il faut se battre."

Dans les yeux du pasteur naissaient des larmes saumâtres où grouillait tout ce qu'il avait vu au camp de Saint-Paul-d'Eyjeaux, tout ce que les autres, tous les autres, ceux venus de Gurs, de Rivesaltes ou de plus loin encore, nous racontaient, les baraquements, la boue, le chou rouge, la semoule, les convois sans distinction d'âge, les hurlements des nourrissons.

Et surtout cette image qui ne me quitte plus, qui me pénètre comme un glas et martèle chaque jour un peu plus les os de mon crâne. Cette image, telle que Niels l'avait décrite. Des centaines de têtes rasées, et, au milieu, celle bandée de blanc d'une femme traitée contre les poux. Et qui promenait son corps osseux parmi les baraquements. Et qui priait sans honte. Et qui empestait le lysol. Et que les Ogres ont emmenée dans leur château et avec laquelle ils se sont amusés, longtemps, si longtemps, comme des chats repus avec une petite souris blanche.

Je ne veux pas croire qu'ils ne savent pas ce qu'ils font. Il me vient à l'idée qu'un jour, Franz, lui aussi, sera un de ces Ogres. C'est peut-être là ma mission divine, détourner Franz de sa destinée d'Ogre.

Parfois j'ai peur pour Franz. Et d'autres fois j'ai peur de Franz. »

Sous le crépuscule encore clair, en l'absence répétée de Nina, Pierre souhaita conforter ce qu'il portait déjà en lui telle une intime conviction. Car de ses propres yeux, il avait vu. Il avait vu James Nicholson dans la petite chapelle, James Nicholson et toute cette calme détermination, cette élégance infuse, cette sombre animalité propre à séduire Nina.

Il activa les freins de sa bicyclette devant la grande bâtisse de la rue du Chêne où la mère de Nina était concentrée sur l'arrosage de ses pivoines. Elle passait et repassait dans les deux mètres carrés de son jardin d'hiver, une serre aux trois quarts effondrée qu'elle ne découvrait pas même en plein été, si bien que les pivoines flétrissaient, cuites par la chaleur, rabougries comme des moignons. Il aurait fallu des dizaines de litres d'eau chaque jour pour les voir redresser la tête. « Tu me fais penser aux pivoines de ma mère ! », c'est ce que chuchotait Nina à l'oreille de Pierre, comme un aveu, souvent, après l'amour, parce que Pierre, avec toute l'humidité de Nina, tout ce condensé de fécondité au creux des cuisses, relevait enfin la tête. Il existait, il bourgeonnait, il échappait à l'étouffement, mais il lui en fallait toujours plus, des litres et des litres.

La mère de Nina poussa la porte de la serre, son sauna, disait-elle, suante, suffocante, couverte d'un peignoir blanc bigarré de rayures bleu ciel qui avaient vaguement déteint à l'échancrure. Sa poitrine s'affalait sur la ceinture. Une cigarette se consumait entre ses dents, arborant une longueur de cendre qui faisait insolemment affront aux lois de la pesanteur.

– Mais Nina n'est pas avec toi, Pierrot ? Je ne crois pas qu'elle travaillait ce soir… Tu devrais mettre des lumières sur ta bicyclette !

La lumière de Pierre, c'était Nina, et même si Pierre supposait qu'elle ne passerait pas le voir ce soir comme elle n'était pas passée le voir la veille, il avait osé espérer qu'elle demeurait aux côtés de sa mère, cette mère imbibée de tabac et d'alcool qui réclamait sa fille au gré de ses humeurs chaotiques, dégorgeant tout ce que la vie leur avait à toutes deux donné et qu'elle avait fini par leur reprendre.

À droite de la serre s'étend un vrai jardin, fécondé par des années d'abandon où rien n'a jamais été taillé, amputé, déraciné, un petit clos de murs épargné par les choix délétères des humains, un havre de paix où Nina avait grandi. Les ferrailles de la balançoire sont assaillies par les ronciers, un lierre a épousé les pierres du mur du fond. Il les pénètre si brutalement qu'elles s'écartent, vacillant dans un éboulement désordonné où les mille-pattes se disputent un coin de fraîcheur. C'est sur ce petit mur que Nina s'asseyait autrefois, le regard accroché aux ramures du grand saule, des heures durant, traçant pour chaque jour usé une petite barre couleur de rouille sur la grande pierre ronde de l'ancien moulin, un comptage secret dans sa prison verdoyante où plus rien de doré ne brillait. Rien de comparable aux douceurs de la Toscane, quittée précipitamment quelques jours après ses trois ans, trois toutes petites années qui avaient buriné la peau de Nina, l'avaient embaumée des parfums de cyprès et de romarin. Tout ça parce que le père de Nina s'était amouraché d'une jolie Florentine. Alors, la mère était rentrée en France, dans son village natal, la petite blottie contre la poitrine, une valisette en faux croco dans une main, l'ours Pépito étranglé sous un bras. Et au fond d'une poche déformée par l'usage, tout juste de quoi payer l'essence d'un aller sans retour. Elles s'étaient réfugiées dans la maison de famille, consolées par les vieux qu'elles avaient enterrés quelques années plus tard. Puis la petite et sa mère étaient restées là, dans cette maison trop grande avec un salaire trop petit de manutentionnaire. Quelques hommes étaient passés, mais aucun n'était resté. Une femme aussi petite avec un aussi petit salaire et une si petite fille n'étaient pas faciles à caser. Certaines choses sont bonnes lorsqu'elles sont petites et d'autres le sont lorsqu'elles sont grandes. Pour la mère de Nina, depuis dix-sept ans maintenant, rien n'avait été comme il aurait fallu.

Pierre lève les yeux vers le deuxième étage, la fenêtre de la chambre de Nina, plein ouest, le couchant qui se reflète dans les vitres. Le lit de Nina baigné de ce flot rubescent, le lit déserté de tout corps familier. Et cette flaque rougeoyante du couchant contre les draps, cette flaque rougeoyante et grandissante. Mon Dieu, combien Pierre en a soudain la vision douloureuse et précise.

La mère de Nina a allumé une autre cigarette. Elle en récupère soigneusement la cendre pour le géranium pourpre. Puis elle répète avec un trop vaste sourire dans les yeux : « Nina n'est pas avec toi, Pierrot ? Nina n'est pas avec toi ? » Avant que de disparaître sous la serre, la poitrine secouée de son rire éraillé.

La mère de Nina ne porte pas Pierre dans son cœur. Elle ne manque jamais de souligner combien elle déplore l'image de ce semblant de couple : « J'ai qu'une trouille, c'est qu'il te fasse un enfant ! »

Un dégénéré elle dit. Mais les gènes c'est bien plus compliqué. Ma chienne beige avec le chien beige de Nina elle a fait des chiots noirs. Elle n'y connaît rien la mère de Nina. Tout aphasique que je sois je pourrais donner naissance à un orateur. Ce serait ma plus grande fierté. Un enfant qui porterait mon nom et qui ensorcellerait les filles avec des mots. « Ss… ss… sss… c'est m… mm… mon fils » je leur dirais. Elles en resteraient bouche bée.

Pierre appuie de toutes ses forces sur les pédales. L'air contre son visage apaise la brûlure qui lui dévaste la poitrine.

Nina n'est pas avec toi, Pierrot ?

Nina n'est pas avec toi…

Nina n'est pas avec toi.

La silhouette de James Nicholson dans la petite chapelle flotte parmi les grands sapins. Le paysage qui défile devant les yeux de Pierre est hanté par cette vision. C'est comme s'il était lui-même devenu l'ombre de l'Américain.

Il fonce jusqu'au village. Les touristes se pressent en riant, les couples enlacés titubent sur les trottoirs, les jeunes gens laissent glisser leur main dans la cambrure des reins offerts. Les décolletés s'embrasent dans la tiédeur du soir, les terrasses sont bondées sous les grandes ramures de la place des Marronniers. Des bribes de phrases sont happées par les oreilles de Pierre, des accents du Sud, des accents du Nord, des langues barbares qui se bousculent dans sa tête comme dans une tour de Babel.

Nina n'est pas avec toi, Pierrot ?

Nina n'est pas avec toi…

Nina n'est pas avec toi.

Soudain, Pierre a soif. Très soif.

Au bar du One Toutou, Gerlou est revenu à la case départ. Jour premier. Il ânonne la Genèse entre deux tournées, mains posées sur le zinc, paumes ouvertes vers le ciel qui reste sourd à ses imprécations. Les touristes se réjouissent des températures estivales. Les habitués tentent de refaire le monde, s'épuisant bientôt dans un braillard renoncement. On boit, on blague, on s'injurie. Toute cette agitation grise Alice comme du bon vin. Elle rit d'un rien, offre des tournées avec une verve gouailleuse, lançant à Gerlou qui la juge trop généreuse :

– Au diable le lendemain, mon p'tit ! Ah ! le lendemain… cette préoccupation de l'ouvrière !

Alors Gerlou fait ce qu'il sait faire. Il remplit les verres et le vacarme s'amplifie. Certains ont du mal à trouver leur place, ils naviguent à vue et se font rabrouer si la marée est haute. C'est ce qu'annonce Alice lorsqu'elle juge que le bon peuple n'est pas loin du naufrage : « Tout le monde dehors, on ferme, la marée est bien assez montée ! » Et à Gerlou de renchérir : « Allez, allez, on dégage, Alice a dit qu'on s'est assez marré ! »

Parfois Le One Toutou ferme à vingt heures, parfois aux petites heures du matin, ça dépend des Açores. Mais ce soir personne, ni Alice ni la belle Canelle, n'a vu Nina.

Antoine propose un verre à Pierre.

– Si tu cherches Nina, Pierrot, je l'ai vue entrer au One Toutou, il était à peine huit heures, c'est pas la première fois tu sais…

Pierre ne veut pas en savoir davantage, mais Antoine renchérit :

– J'suis désolé de te dire ça, Pierrot, je crois que les soirs Nina a des rencards avec l'Américain…

Pierre pose son verre sur le zinc.

– Je… je… s…sais.

Il écarte le bras d'Antoine. Malgré lui, ses yeux se mouillent, les larmes lui ravagent les orbites.

– Je… je… ai… me.

Sa voix est réduite à une plainte étouffée dans la gorge, tout son corps secoué. Le verre bascule, se brise bruyamment sur le carrelage.

Alice débarque, furibonde.

– Bande de scélérats, regardez-moi le travail, une chatte n'y retrouverait pas ses petits ! Doux Jésus ! Doux Jésus ! Un verre payé cuir et poils… !

Pierre rassemble les morceaux de verre, les serre de toutes ses forces dans ses mains, les dépose sur le zinc. Il s'éloigne pesamment, avant-bras pliés devant lui, poings fermés contre le torse, le sang pissant autour des poignets, le sang sur le carrelage, le sang sur la poignée de la porte.

Les pires idées traversent alors l'esprit de Pierre. Oh bien sûr il pourrait pédaler jusqu'à l'hôtel, gravir les marches qui mènent à la chambre dix-sept, forcer la porte d'un seul coup de ses robustes épaules et soutenir le regard effaré de Nina, le regard encore empreint des vanités de la jouissance. Puis Pierre armerait la carabine et la déflagration abrégerait sa honte et sa souffrance.

Oh bien sûr Pierre pourrait pédaler jusqu'à l'hôtel.

Oui, bien sûr, Pierre pourrait.

Puisque Pierre n'imagine pas la véritable teneur de ce qui se joue dans la chambre dix-sept, ces fragments de mémoire partagés qui peuvent lier les êtres plus intimement que l'éphémère communion des sexes.

Mais Pierre fait le choix de pédaler jusqu'au Grand Roure. Dans la ferme familiale, il possède depuis peu un appartement indépendant de celui de ses parents. Le demi qu'il a bu trop vite lui retourne l'estomac, ses mains se consument en une brûlure à vif attisée par le plastique du guidon. Derrière la frondaison des forêts, la lune couve par-delà le champ du Berre.

Lorsqu'il arrive au Grand Roure, la chambre de Louis et Jeanne, les jumeaux, est éteinte. Les soirs où elle a *à faire*, la mère les couche tôt, le repas est expédié en quelques minutes, un repas silencieux ponctué des bruits d'assiettes et des gestes brusques de la mère. Le petit Louis la regarde en coin, l'œil soucieux, affolé par avance de l'absence à venir. Jeanne pousse des éclats de rire sans raison. Ces soirs où la mère a *à faire*, les jumeaux ne les aiment pas. Ni les nuits qui leur succèdent, les bruits de voix dans l'escalier, les coups de poing dans les murs, la berceuse lancinante des lamentations de la mère. Mais ces soirs laissent pourtant présager un moment béni, celui où la mère, tout endimanchée, vient embrasser les jumeaux. Ils s'imprègnent de l'image de la mère, les cheveux dénoués en longues ondulations, le rougeoiement de la lampe faisant courir des reflets de feu sur les mèches, le trait noir soulignant ses grands yeux et les rendant profonds, la bouche dessinée comme un croissant de lune. Et surtout elle sent bon, si bon.

Les jumeaux discutent dans leur lit, lumière éteinte, ventre noué de cet abandon qu'ils ne savent pas nommer. Après le claquement sec de la porte, un silence effrayant plane sur le remuement muet de leurs crânes. Jeanne triture les mots dans sa tête. J'ai affaire.

– Ça doit être important les affaires de maman…

Louis réfléchit. Qu'est-ce que maman sait faire d'autre que les ménages à la maison de retraite…

Parfois, ils transforment la mère en héroïne, en fée, en magicienne. Blottis l'un contre l'autre, la nuit durant, face aux périls les plus fous, ils secourent la mère, combattant les méchants, libérant les gentils, décochant des flèches en plein cœur.

Des nuits de western-spaghetti.

Bientôt les jumeaux auront dix ans. Ils sont nés un an après l'hospitalisation de Pierre, presque jour pour jour. Avoir un vrai enfant, un enfant né de sa chair, telle avait été la seule obsession de la mère. Pas un étranger comme ce petit être rapporté de l'hôpital qui s'était révélé ne plus être le sien, seulement une bouche à nourrir, quelques heures de plus par semaine à récurer la crasse des vieux, le ménage aux Sycomores étant le seul emploi que la mère avait pu trouver. Tout le temps que Pierre était resté à l'hôpital, il avait été un enfant malade, puis un enfant convalescent, il n'était pas Pierre. Ces images décortiquées dans une salle de consultation, ce cerveau parsemé de taches grises ne signifiaient rien. Il s'agissait de mauvaises fractures auxquelles il fallait laisser le temps de la consolidation.

Et après tout irait bien.

Pierre marcherait.

Le cerveau de Pierre marcherait.

Le cerveau réapprendrait à marcher.

Mais ce que l'on rendit à la mère fut un petit être voûté sous une couverture bleue qui se traînait sur le trottoir par une froide matinée de décembre, un petit être avec des béquilles, les mots cloués dans le thorax.

Ce fut Pierrot, le rebut de Pierre. Un renégat.

Et ce fut le mieux que l'on ait pu faire.

Cette chose bancale, muette comme une carpe, cette chose qui lui avait volé Pierre, la mère ne l'avait plus jamais touchée. Elle l'avait nourrie, blanchie, logée, comme elle le faisait avec les poules et les lapins. Le père avait lavé Pierre chaque matin. Il lui avait réappris les gestes élémentaires, se brosser les dents, tenir une cuillère, lacer ses chaussures, ouvrir un clapier, fermer une clôture. Le lundi et le mercredi, il l'accompagnait chez l'orthophoniste, le mardi et le jeudi chez le kinésithérapeute. Pierre avait réappris, ses mains s'étaient déliées, ses muscles renforcés, bientôt il s'était déplacé sans béquilles, mais les mots, eux, n'étaient pas revenus. Dans sa chambre, souvent, Pierrot regardait le cerveau de Pierre, l'image zébrée et les taches grises. Pierre était un salaud de lui avoir légué un cerveau pareil, un cerveau lésé avec des circuits déconnectés, un vrai boulot de sabotage. Pierre était un sauvage, c'est avec cette affection sucrée que maman l'appelait « mon amour de petit sauvage, mon Vendredi ». Parce que Pierre était né un vendredi, dans les prémices d'un printemps tout neuf, sous un ciel d'azur avec des chants d'oiseaux et des bourgeons plein les arbres. Pas un matin morne de décembre sous une lumière grise.

Le vrai père de Pierre, nul ne l'avait connu. Les circonstances de cet engrossement, la mère les avait soigneusement tues. Elle était rentrée de ses études à Paris avec un ventre en ballon et la rumeur s'était répandue comme une traînée de poudre. Puis Pierre était né et la mère n'avait jamais passé son diplôme à la fac de Jussieu. Pierre était né avec, comme elle, deux belles fossettes qui illuminaient son visage et deux grands yeux sombres qui tramaient des contrées imaginaires où chaque chose avait une fin heureuse. Très tôt, Pierre avait eu le goût des livres et la passion des mots. Il avait sauté une classe, puis deux. Son institutrice s'était ouverte des inquiétudes liées à cette précocité, mais la mère n'avait rien voulu entendre. Elle était si fière de cet enfant prodige né d'une aventure, un soir de beuverie, contre un tilleul de l'île Saint-Louis. Elle se souvenait de tout, de l'homme en costard, au moins de dix ans son aîné, dont elle ne saurait jamais rien d'autre que la douceur des baisers et la chaleur des mains contre ses seins, du murmure de la Seine avec la flèche de Notre-Dame et du ciel immense, le ciel étincelant qui avait donné naissance à un enfant brillant. Elle se souvenait de tout et ce tout, bien qu'elle se contraignît à l'immortaliser d'un regard conciliant, n'était au demeurant pas grand-chose d'autre qu'un égarement. Jamais elle ne s'était avoué tout à fait cette réalité crucifiante, jetant seulement parfois l'ombre du doute sur l'idylle mystifiée, un doute qu'elle récusait aussitôt fermement, se rencognant à nouveau dans le songe délicieux qu'elle s'était forgé et qui l'aidait à ne pas sombrer.

Quelques mois après la naissance de Pierre, par dépit et par imposante nécessité, elle avait cédé aux avances de celui qui était aujourd'hui le père des jumeaux. Elle lui avait offert ce qu'un homme était en droit d'exiger d'une vie conjugale mais son âme dissonante avait toujours refusé de s'accorder à cette offrande.

Le temps avait passé. Voilà onze ans déjà que Pierre avait fait place à Pierrot, que cette matinée grise d'un retour d'hôpital avait endeuillé la vie de la mère sans que jamais on ne lui rendît le corps de Pierre, sans que jamais le leurre de cette chose léguée en place de son unique enfant n'estompât ni sa peine ni son humiliation. Onze ans que la mère avait rêvé d'un enfant qui remplacerait Pierre comme on remplace un chien fauché sur la chaussée, un de la même couleur, de la même race, à qui l'on apprendrait les mêmes tours savants. Et lorsque, de cette folle espérance, les jumeaux étaient nés, ils n'avaient pas été à la hauteur. Ils étaient le portrait craché du père alors que Pierre, tout le monde s'en était émerveillé au premier jour, Pierre était le sosie de la mère.

Ma mère elle dit toujours :

– Faut pas commencer. Le sexe c'est comme la drogue. Faut pas commencer.

Mais je sais que l'autre a fourré sa main sous les jupes de ma mère et qu'il a dit :

– Qu'est-ce que tu veux?

C'était comme au restaurant. C'est elle qui composait le menu. Lui il pouvait tout faire. Entrée. Plat de résistance. Dessert. Café. Pousse-café. Froid. Chaud. Réchauffé. Surtout réchauffé. Lui c'était son métier. Il baisait à la commande. Service compris. Toutes taxes incluses. Elle a rien eu le temps de voir. Il était là avec ses doigts qui s'enlisaient. Elle en revenait pas. Sa main épousait parfaitement les contours de son sexe. Ses doigts allaient et venaient juste comme il faut. Juste là où il faut. Il était fait pour elle. À sa mesure. Elle en revenait pas. Il avait vingt ans de moins qu'elle.

Il répétait :

– Qu'est-ce que tu veux?

Elle répondait en vagissant :

– Je veux pas mourir.

Il sue. Il pue. Il pique. Il glisse pas de mots doux dans l'oreille. Il glisse tout ailleurs. Il demande pas si elle veut. Il demande seulement ce qu'elle veut.

Elle va chercher les jumeaux à l'école. Elle oublie leur cartable. Elle dit bonjour au lieu de dire bonsoir. Elle répond « à demain » à ceux qui lui disent « bon week-end ». Elle embrasse pas ses enfants.

Elle se sent sale. Elle se sent malade. Elle flâne dans le jardin public pour retarder l'échéance. Rentrer à la maison. Chez elle. Elle baisse les yeux devant son mari. Elle a honte. Elle est qui pour croire qu'elle a le droit de vivre ça ? Elle est personne. Elle n'a plus d'état civil. Elle a perdu son nom de jeune fille et celui de son mariage. Elle ne les mérite plus. Elle ne mérite plus d'être quelqu'un. Elle est une souillon. Sans foi ni loi. Elle est rien. Elle n'est plus la mère de ses enfants. Elle a fait des orphelins. Elle n'est plus la fille de ses parents. Elle a fait des endeuillés. Elle est rien que ce corps qui gémit. Cette flaque d'eau qui se répand à même la terre et qui fait de la boue.

Une goutte d'huile. Maman t'es une goutte d'huile. Et tu grinces quand même. Dès qu'il te touche tu grinces. Elle est rouillée ma pauvre maman et elle voudrait jouer les jeunes premières. Elle est rouillée mais elle imagine qu'on peut encore avoir envie de mettre une clé dans la serrure. Elle a mal partout où il a fourré ses doigts. Elle a mal partout où il a roulé sa langue. Elle a mal à la mâchoire. Elle a mal devant. Elle a mal derrière. Elle est bleue. Elle est faite comme une bleue.

Lui il est croque-mort. C'est un drôle de métier croque-mort. Ça doit vous donner envie de bouffer du vivant. À en vomir. C'est arrivé à cause de mon oncle. Le frère de ma mère. Le frère le soir de Noël qui a dit « Je pars ». Il l'a dit à sa femme et à ses enfants. Il leur a offert des cadeaux. Il les a serrés dans ses bras. Et il a répété « Je pars ». Il avait des larmes dans les yeux. Sans ça personne ne l'aurait cru. Mais il avait des larmes dans les yeux. Le grand frère. Le caïd de la famille. Des larmes dans les yeux. Il les a serrés encore et il est sorti. Avec sa valise. Au milieu des restes de chapon et du Père Noël qui trônait sur la bûche glacée. Le Père Noël avec sa hache et la bûche en déconfiture.

Il est revenu. Il a dit « Je vous aime ». Les lumières clignotaient sur le sapin. Dehors il y avait une voiture blanche avec un clignotant. La portière côté conducteur était ouverte. Une femme se tenait debout et fumait une cigarette. Une femme blonde. Marilyn Monroe. Dieu qu'elle était belle sous la lune rousse. Mon oncle est parti avec elle. Ses enfants ont demandé où il allait papa. Leur mère a croulé sous les larmes. La grand-mère a baissé les yeux. Ma mère a pris les enfants dans ses bras. Elle leur a chanté « Petit papa Noël quand tu descendras du ciel ». « Petit papa » a grippé dans sa gorge. Elle a eu du mal à le prononcer.

Le lendemain on a appris l'accident. L'oncle et Marilyn trouvés morts sous le choc. Dans la voiture blanche. C'est elle qui conduisait. Virage à gauche. Lui projeté contre elle. Entre ses seins. Mort entre les seins de Marilyn Monroe. Mon oncle ce héros. Petit papa monté au ciel.

Le jour de l'enterrement ma mère n'a eu d'yeux que pour lui. Le croque-mort mal rasé. Ses cheveux longs. Et ses yeux d'ange. Celui qui a descendu son frère dans la terre. Il était beau parce qu'il était heureux. Heureux de faire ce qu'il faisait. Il est resté avec elle jusqu'à la fin. Jusqu'à ce que tous aient déserté ce néant parsemé de croix et de pierres tombales. Il a pris sa main dans la sienne. Sans un mot. Il l'a entraînée au-dehors dans le petit bois du Ternay.

Je vous ai vus maman. Je vous ai vus.

Il a fiché sa langue dans ta bouche muette.

Et le reste maman tu le sais. Le reste… Il a mis sa main et ses doigts. Et il a dit « Qu'est-ce que tu veux ? ». Et elle a dit « Je veux pas mourir ».

Tout ça c'est arrivé à cause du grand frère. À cause de Marylin Monroe.

Je vous ai vus maman.
Je vous ai vus maman et je t'aime tellement.
Je vous ai vus et je t'aime plus que Nina.
Maman. Je t'aime plus que Nina.

5

Nina se plIaIt aveuglément aux exigences de James Nicholson. Elle ne l'importunait avec aucune des questions qui lui trottaient dans la tête. Était-il vraiment le petit-fils de Louise Sorlin ? Pourquoi n'était-il jamais venu auparavant ? Pourquoi Louise était-elle morte le jour de son arrivée au village ? Qui lui avait confié le cahier rouge ? Combien de temps resterait-il au One Toutou ?

Ces interrogations qui taraudaient Nina commençaient également à sourdre dans les conversations des villageois. À la sortie d'un office ou dans l'antre confidentiel d'une cuisine, on s'enhardissait de sous-entendus habilement formulés : « C'est quand même étonnant que… », « Sait-on jamais… », « Ne me faites pas dire ce que je n'ai pas dit mais… », des insinuations saupoudrées de points de suspension comme une levure sur l'imagination populaire.

« Cette nuit papa et maman ont fait l'amour.

Pour les choses ménagères, je dis mon père et ma mère, mais pour cette chose de l'ordre de la communion, je trouve que c'est plus doux de dire papa et maman.

La cloison qui sépare nos chambres n'est pas très épaisse. J'ai entendu les chuchotements de maman : "Non... non..." Puis je l'ai entendue glapir, pousser de petits gémissements plaintifs.

Ça me faisait souffrir.

Ça me faisait pitié.

J'ai imaginé le corps grand et lourd de papa allongé sur elle, les mains de maman agrippées aux draps, son souffle court contre l'édredon. C'était de ça que j'étais née. De ce refus qui est un assentiment.

Au regard du temps qui s'est écoulé entre les "non... non..." et les glapissements, j'ai pensé que papa ne l'avait pas embrassée, pas caressée, qu'il était entré en elle sans prémices ni préludes ni préliminaires.

Comme quelque chose qui était son dû, de plein droit.

Et pourtant, ce que j'ai entendu de maman, cette plainte à la frontière de la souffrance et du plaisir, je sais quel est le mot qui la recouvre.

La jouissance.

Quel joli mot.

La jouissance comme l'espérance.

Cette chose dont j'ignore tout, mais dont je sais qu'elle n'est pas univoque, qu'elle n'est pas seulement le bonheur du corps et de l'esprit, pas que la plénitude de l'âme, qu'elle est bien plus ambivalente, de l'ordre complexe de la soumission et de l'abandon.

Je crois que maman, malgré toute la quiétude qui émane de son être à la lumière du jour, révèle quelque ambiguïté dans le clair-obscur de la nuit. Elle, si belle et si brillante, si fine dans ses analyses et sa vision du monde, pourquoi a-t-elle succombé aux charmes d'un homme qui précisément en est dépourvu, un rustaud, un rougeaud acariâtre et obtus.

Et pourquoi maman s'évertue-t-elle ainsi à prétendre qu'elle l'aime ?

Son amour.

Toujours son amour.

Pourquoi, si ce n'est par un goût prononcé du sacrifice, par un plaisir indicible à s'offrir sur l'autel d'un Dieu dont elle douterait de la compassion.

Être vouée à un homme qui ne la mérite pas, c'est le sacerdoce de maman, l'expiation de ses fautes, la rédemption de ses péchés.

Mais quelles fautes ?

Quels péchés ?

Parfois, lorsque je sens les frissons naître à la pensée de Franz, je crois que je ressemble à maman. Ce trouble qui parcourt mon dos, de la cambrure des reins jusqu'à la nuque, me vient de ce que Franz n'est pas pour moi ou plutôt que je ne suis pas pour Franz, qu'il n'y aurait pas plus grand sacrifice que celui de livrer mon corps à un Ogre en puissance.

Il y a tant de jeunes hommes ici, si beaux et si convenables, je ne peux pas croire que mes inclinations ne soient pas dictées par une quelconque perversion des sens.

La nuit dernière, j'ai rêvé que Franz me prenait contre mon gré. Il agrippait violemment mes cheveux et relevait ma tête pour me voler un baiser, puis ses mains empoignaient mes seins, sa langue roulait sur mes mamelons, il soulevait ma jupe, ouvrait sa braguette et me pénétrait comme une herse dans la terre lourde du printemps. Bafouant le nectar de ma virginité, il souillait mon sexe et mon ventre.

L'intérieur de mes cuisses s'est inondé.

J'ai crié.

J'ai crié de honte et de plaisir.

J'ai connu la plénitude de maman.

Celle de consentir à un sacrifice.

Celle du refus qui est un assentiment.

Le petit Egon de la pension des Roches m'a prêté un livre. Le petit Egon est beau et pur comme un ange. Il est né à Vienne en Autriche. Ce livre, il le cache plié dans un linge comme un trésor. J'ignore qui le lui a offert, mais Egon est bien incapable d'en déchiffrer le moindre mot. Pour qu'il m'accorde la faveur de ce prêt, il a fallu que je l'embrasse sur la bouche.

"Sans la langue", je lui ai dit.

Il en a été d'accord.

Ce livre s'appelle *La Fille Élisa*. Voilà trois fois que je le lis, trois fois que j'embrasse Egon sur la bouche. Sans la langue.

La fille Élisa, je crois qu'elle est toutes les femmes. Et peut-être moi surtout.

C'est ce passage qui me fascine le plus, ce passage et pas un autre, ce passage comme un rite initiatique :

"Il semblait qu'Élisa ressentait une jouissance orgueilleuse dans le sacrifice, et on aurait vraiment dit qu'elle était reconnaissante à cet homme de tout ce qu'il lui faisait souffrir dans son âme et dans sa chair."

À partir de quel point la cruauté du châtiment fait-elle du criminel une victime ? Et pourquoi ressentir avec une telle acuité le besoin d'expier ses fautes avant même de les avoir commises ?

Seul Franz pourra élucider ce mystère en moi.

Franz parce qu'il est ce qu'il est.

Un Ogre.

Et que je suis ce que je suis.

Une fille Élisa. »

Pierre rejoignit son appartement. Il ouvrit la fenêtre, hurla au firmament sa colère et son impuissance, puis s'effondra sur le lit. Bras pliés contre le torse, mains ensanglantées, il attendit Nina. Mais Nina ne vint pas. Pierre maudit James Nicholson et ses phrases bien construites et les dollars dans son porte-monnaie et son élégance distraite. Il savait que l'Américain avait gagné le corps de Nina, il avait fait naître en elle un appétit, il s'était rendu digne de ses faveurs. Alors, la vérité lui apparut, cruelle et prodigieusement évidente, cette vérité qui portait Pierre à penser que séduire Nina n'était pas bien difficile parce que Nina n'était pas difficile. Nina était ce qu'on appelle une fille facile, sans quoi elle n'aurait jamais laissé courir ses mains sur sa peau, sans quoi elle n'aurait jamais dit : Viens Pierrot !, acculée contre un rouleau de foin dans le champ du Petit Troll face à l'embrasement du ciel. Et Pierre n'aurait pas connu la délicieuse brûlure sous le crépuscule rouge. Pierre n'aurait jamais été le plus heureux des hommes.

Cette nuit de désolation, Pierre aurait voulu la vivre détaché des contingences terrestres, la traverser l'âme sublunaire et la clémence des Cieux dans le cœur. Mais rien n'avait été ainsi. Au matin de ce jour sans promesses, les stigmates de la passion dévastaient son visage. À la maison de retraite où il rendait quotidiennement de menus services, les pensionnaires l'attendaient. Les veuves surtout, les veuves dérisoires qui ont de l'affection à revendre, des réserves entières de tendresse placées sans intérêts sous leur matelas, des bas de laine chauds et amples bourrés de l'économie de toute une vie. Tout ce qu'elles n'ont pas eu le temps ou l'audace de dépenser, tout ce qu'elles ont mis de côté pour un plus tard qui n'a que trop tardé, des gestes tendres, des mots doux, des baisers dans le cou… Elles ont tout ça les veuves dérisoires sous leur matelas et plus personne qui en veuille.

Les relents de pisse et les bouches édentées, avec leur lot de migraines et de dispositions chagrines, Pierre avait fini par s'en accommoder. S'il se soumettait à cet arrangement, c'est qu'il y puisait une sorte de réconfort, un repos claustral qui le tenait hors du monde et des tribulations des vivants. Il aimait qu'elles l'appellent « mon p'tit », qu'elles passent la main à revers dans ses cheveux et plus encore qu'elles lui racontent leurs sornettes.

Elles inventent tout les vieilles. Des histoires à dormir debout. Des balivernes. Elles inventent tout parce qu'elles ne se souviennent de rien. Et c'est ça qui les sauve.

Jamais elles ne le pressaient de questions. Elles savaient que les mots dans la bouche de Pierre étaient comme le sang vicié dans leurs veines, quelque chose qui gangrène, quelque chose qui ampute. Elles étaient délicates, les vieilles toutes rabougries qui geignaient sur leur fauteuil, si délicates que, parfois, Pierre avait envie d'abréger leur souffrance.

L'autre jour, Louise lui avait demandé. Tout était parfaitement en ordre dans la chambre, les vêtements étaient soigneusement rangés dans l'armoire, les cadres photos avaient été dépoussiérés. Sur la table était posée une boîte de chocolats Weiss. Louise était allongée sur son lit. Elle portait sa robe du dimanche, avec les fleurs de lys et le petit liseré en dentelle. Ça sentait fort l'eau de Cologne, Louise avait dû avoir la main un peu lourde. Elle avait enlevé les trois oreillers sous sa tête. Elle était à plat, comme un pneu dégonflé, une chambre à air crevée. Elle manquait d'air, Louise, sitôt qu'elle n'avait plus la tête surélevée, elle suffoquait. Elle avait montré à Pierre les trois oreillers, lui avait demandé : Aide-moi mon p'tit, aide-moi. Pierre avait acquiescé. Il avait pris les oreillers, les avait posés les uns sur les autres comme des rustines, tous les trois, les avait collés sur le visage de Louise. Elle était bien coiffée, Louise. Pierre s'était appliqué à ne rien déranger, ne pas l'ébouriffer. Il avait pensé à lui dire qu'elle était belle, mais les mots n'étaient pas venus. Il avait appuyé sur les oreillers sans excès. Les mains de Louise avaient à peine bougé, elle avait gaspé quelques secondes comme un lièvre pris au collet, sa jambe droite s'était légèrement rétractée avant de se détendre pour toujours. La gauche ne bougeait plus depuis longtemps.

Louise m'a demandé.

Pierre avait replacé les oreillers sous la tête immobile, fermé les paupières sur le bleu opalin des yeux, ramené la mèche de cheveux cendrés qui barrait le joli front. Il s'en était calmement allé, informant sans défiance le personnel de garde, « Sss… sss… c'est… Lou… Lou… Louise ».

L'infirmière avait remercié Dieu d'avoir rappelé Louise à Ses côtés, vu qu'elle avait tellement souffert.

Elle avait dit aussi : « Dieu aurait pu attendre un peu ! Ce matin, le petit-fils de Louise avait annoncé qu'il viendrait la voir, un Américain, Pierrot, tu t'rends compte, le petit-fils de Louise, un Américain ! Et le jour où il débarque, elle rend son tablier ! Sacrée Louise ! »

Après quoi, l'infirmière n'avait pas pu retenir ses larmes.

Pierre non plus.

On avait déploré le départ de Louise. On avait regretté la sagesse de ses reparties et la justesse de ses jugements qui prenaient à défaut les longues diatribes enflammées des prétendues lettrées que comptait dans ses étages la résidence des Sycomores. Le jour même de sa mort, on avait transféré le corps de Louise dans la chambre froide de la petite chapelle qui jouxtait la résidence. On s'était débarrassé de l'enveloppe de Louise sans même attendre que les émanations bienfaisantes de son âme se propagent en ces murs où la mort vagabonde vaquait à ses occupations quotidiennes et triviales. Quelques heures après son décès, dans la chambre qui avait été la sienne, la place était donc déjà vacante. Dénommé par Mme la directrice « le turn-over » auquel elle ne pouvait s'empêcher d'adjoindre la locution obscène « c'est la vie », le mouvement s'était accéléré ces derniers mois. Les décès se suivaient et se ressemblaient sous la commune appellation de mort naturelle. En ces circonstances de nombre et d'enchaînements, cela portait à croire que rien n'était plus contagieux que la mort naturelle. On avait cherché la légionelle dans les tuyauteries, traqué la salmonelle dans les cuisines. Rien.

La mort de Louise avait bouleversé quelque chose d'indéfinissable dans l'équilibre de Pierre. L'illégitimité de son acte ne l'accablait pas encore, car ce n'est que plus tard qu'il revisita la supplication de Louise – Aide-moi mon petit, aide-moi – en imaginant une scène où il aurait simplement reposé les oreillers en bonne et due place sous la tête de Louise. Mais, depuis ce décès, et en l'absence de tout sentiment de culpabilité, il se sentait habité d'une énergie nouvelle. Il lui venait pour la première fois de son existence des idées de meurtres sans motif ni discernement de lieux ou de victimes. Il se sentait pareil à ces chiens qui, ayant goûté à la curée, en mémorisent à jamais les effluves, se pourléchant les babines aux premières traces de gibier, sans plus entendre ni suivre les injonctions de leur maître. Oui, c'est peut-être cela que la mort de Louise bouleversa dans la vie de Pierre, il se sentit détaché de toute voix supérieure qui devrait lui dicter ses choix et guider ses actes, il se sentit totalement libre d'imposer son rythme à la marche du monde et de dissocier en ses seules âme et conscience ce qui était bon de ce qui ne l'était pas.

6

Que fais-tu James Nicholson ? À quelle œuvre majeure emploies-tu le temps et l'énergie de ta jeunesse ? Par quel biais détournes-tu la boulimie de la bête et la voracité de ses crocs ? Que lui offres-tu en pitance qui puisse l'éloigner de tes propres entrailles ? Il faut que tu y penses James Nicholson. Il faut que tu sauves ta peau. Il te faut ne pas t'apitoyer sur le sort de la bête. Il te faut l'achever en hâte et sans pitié. Elle se nourrira de chaque lambeau de ta mémoire. Elle te réduira au néant et te confinera à l'oubli. Car tel est son nom James Nicholson. Sache que tel est son nom. Cette bête s'appelle Oubli.

Vois combien Nina est lasse repliée sur le lit en position fœtale. Face au mur de ton propre silence.

Qu'attends-tu James Nicholson ? Qu'attends-tu que l'Histoire n'ait déjà écrit ? Qu'attends-tu de Nina ?

> « Chacun doit se préparer à porter le destin qui lui échoit. Moi, j'ai décidé de m'y entraîner. Je veux anticiper le malheur, je veux m'y acclimater. Je ne veux pas, comme Niels, être prise au dépourvu.

On ne naît pas plus Petit Poucet qu'on ne naît Ogre. C'est une question de conditionnement. Il suffit d'être placé d'un côté et d'accepter la rigueur de l'entraînement avec assiduité. On se forme, on acquiert de nouvelles compétences, on se surpasse, on développe des facultés insoupçonnées, on fait preuve d'une résistance surhumaine.

Dans la cave.

Huit degrés au-dessus de zéro.

Stylo bleu offert par maman à Noël dernier.

Cahier rouge. Deux cent vingt-quatre pages.

Nuisette blanche sur les épaules.

Bandage blanc autour des cheveux.

Puante odeur du lysol que je me suis procuré en prétextant une invasion de poux dans la fourrure de La Maligne.

Étoile jaune sur la poitrine.

Prêtée par Ida contre une demi-tablette de chocolat.

Nuit noire.

Faisceau intermittent de la bougie balayant la terre de la cave.

Ballet de gros rats moustachus.

Au-dehors, aboiements lugubres des chiens de ferme.

Mon lapin aux carottes réservé pour La Maligne.

Du bon lait, La Maligne. Du bon lait avec ça.

Des chiots bien gras. Tout plissés et luisants.

Des chiots gavés au lait de lapin aux carottes.

C'est toujours ça que les Ogres n'auront pas, La Maligne.

C'est toujours ça.

J'ai froid.

Je grelotte.

J'ai faim.

Je lèche mon quignon de pain rance. Mon pain noir.

Après tout ce pain blanc.

Tous les soirs.

Depuis trente-deux jours. Trente-trois nuits avec celle-ci.

Depuis la nuit où papa est entré en maman.

Dans la cave, toujours je reviens à la ligne.

Peut-être parce qu'ici, plus encore qu'ailleurs, j'ai besoin de repères.

J'ai besoin que tout finisse et que tout recommence.

Chaque phrase est un début.

Et chaque phrase est une fin.

Un prélude et un dénouement.

Ici, je le sais, au fond d'une cave, pour des milliers de Petits Poucets, tout peut commencer et tout peut finir.

Ici, je le sais, au fond d'une cave, comme pour Niels.

Je vais faire un effort. À faire des efforts aussi, il faut s'y entraîner, lutter contre soi, amadouer sa propre nature. Je vais poursuivre sans retour à la ligne. Et si j'échoue, je recommencerai. Jusqu'à ce que je puisse ici, sous terre, me passer de repères. Sous terre où je serai un jour. Pour de bon. Une fin.

J'entends le pas de mon père dans la cuisine. J'ai le cœur qui s'emballe, les dents qui claquent, le dos fourbu contre la pierre, les fesses humides, la nuque endolorie.

Cet homme qui marche, qui se sert un verre de vin rouge en plein milieu de nuit, un père, le mien ou celui d'un autre. En caleçon ou en uniforme.

Cet homme qui fait les cent pas, s'assied sur une chaise, se lève, se ressert un verre de rouge.

Cet homme ni bon ni mauvais.

Cet homme qui est mon père, s'il me savait là de mon plein gré, transie de froid, blanche d'inanition, il entrerait dans une colère sombre, il me battrait de rage.

Et s'il était l'Ogre en uniforme, il braquerait son arme sur ma tempe, me tirerait par les cheveux, me ferait avouer que je suis un Petit Poucet.

Cet homme.

Mon père aujourd'hui.

Un Ogre demain.

Je m'endors vers deux heures, m'éveille au chant du coq à cinq heures, c'est mon rythme, mon nouveau rythme.

J'ouvre la trappe sans bruit, me hisse, me précipite dans ma chambre, m'ensevelis sous les couvertures, l'édredon jusqu'au menton, la bouillotte encore tiède sur le ventre.

J'observe mon visage dans l'ovale du miroir, mes lèvres violettes, mes pommettes osseuses, mes yeux caves, mon teint blême. Il faut que je m'habitue à ce visage. Il faut que j'apprenne à le reconnaître. Jour après jour. Nuit après nuit. Il faut que je l'apprivoise. Il me faut gagner sa confiance. Alors je pourrai lui donner un nom. Un autre nom que le mien. Un nom de Petit Poucet.

Le nom de cette femme si fière qui marche dans le château des Ogres d'où Niels est revenu.

D'où il ne reviendra jamais d'être revenu. »

Pierre avait rendez-vous avec sa voisine. Elle l'attendait dans le jardin, alanguie sur une chaise longue, face au soleil, calant contre sa hanche un livre qui avait dû glisser de ses mains.

– Salut Pierrot, ça va ?

– Hum…

Pierre observa la couverture du livre.

– Qui ?…

– Oh ça c'est génial ! Ça s'appelle *La Mort heureuse*… Albert Camus, mon ami, rien que ça ! Tiens, j'te l'file, je l'ai fini… et pour moi commence la vie heureuse… Demain, Baltimore est à moi !

Emma allait partir, elle allait faire le tour du monde pour la cause la plus chère à son cœur, écrire un vrai livre, un livre signé Emma Bovy. Ses velléités d'écriture, Emma les portait en elle comme on porte un enfant et elle n'en pouvait plus de cette grossesse interminable qui lui contractait le bas-ventre, la chavirant nauséeuse et amère parmi l'insoutenable clarté des pages.

– Allez viens, je vais tout t'expliquer !

Pierre glissa *La Mort heureuse* dans la poche de son blouson. Ils firent ensemble le tour de la maison, visitant chacune des pièces dont il connaissait déjà les moindres recoins. Il faudrait relever le courrier dans la boîte aux lettres, suivre les nombreuses recommandations d'Emma… Une pile pour EDF, une pour France Télécom, une pour les cartes postales – elle restait vide en général –, une autre pour la publicité, surtout ne rien jeter, Emma adorait la publicité. Nourrir le poisson rouge, quotidiennement, sans excès. Les chats, rentrés le soir, sortis le matin, croquettes un jour sur deux. Garder les volets ouverts sauf en cas d'intempéries, les volets fermés, rien de tel pour attirer les malfrats…

Puis, pour la première fois, Emma fit pénétrer Pierre dans ce qu'elle nommait avec gourmandise son « comptoir des délices ». Pierre ne s'était pas préparé à être introduit dans l'antre d'Emma, un placenta clos qui n'avait jamais accouché d'un chapitre entier. Il enfonça ses mains dans les poches de son pantalon dont les ourlets effilochés couraient inégalement sur ses baskets. Il eut honte de son allure déguenillée, ses cheveux en bataille, ses mains cagneuses et sales. S'il avait su, Pierre serait venu en habits du dimanche. Emma referma la porte. Sans détacher ses yeux de ceux de Pierre, ses yeux étincelants de malice et d'orgueil, elle s'approcha du bureau, alluma l'ordinateur. Pierre n'en avait jamais touché. Internet, il savait que cela signifiait abolition des frontières, autoroute à petits péages pour information illimitée à vitesse grand V, mais il ne s'était encore jamais laissé happer par ce tourbillon. Cet objet avec sa lumière bleutée et son langage de Babel lui inspirait une défiance animale. S'il avait osé, il aurait demandé à Emma de l'éteindre.

Une heure plus tard, Pierre savait recevoir des e-mails, les imprimer et y répondre. Emma le chargeait de sauvegarder, copier et imprimer chaque message, chaque pièce jointe qu'elle lui ferait parvenir pendant le long voyage qu'elle allait entreprendre. L'heure de la révélation était venue, il suffisait de taper le nom de code de cette aventure préparée depuis si longtemps.

VIRGINIA HALL.

S'afficha alors la vie de cette Américaine née en 1906 à Baltimore dans le Maryland, cette femme qui s'engagea dans les services secrets britanniques lors de la Seconde Guerre mondiale, transmettant de précieux renseignements à Londres depuis la France, organisant des évasions spectaculaires, multipliant les fausses identités, brouillant les pistes de la Gestapo. Cette femme qui rejoignit ensuite les services secrets américains au printemps 1944 avec pour mission d'organiser l'insurrection des maquis du centre de la France. Cette femme qui fut ici, sur les terres protestantes de La Montagne, opératrice radio et chef de commando. Virginia Hall, une des plus grandes espionnes de la guerre et qui serait l'héroïne du roman d'Emma Bovy.

Pierre fut happé par cette vie romanesque. Ils allaient, elle et lui, remplir les pages blanches d'Emma. Elle et lui. L'espionne et l'aphasique.

Ils allaient refaire le monde.

7

NINA OBSERVA JAMES NICHOLSON et les signes éclatants de sa décadence, ses yeux perclus d'appréhension lorsqu'elle entra, le « bonsoir Nina » dégorgé comme un vomissement, le détachement feint qui crispa sa mâchoire sitôt qu'elle entreprit la lecture, jusqu'à sa fuite sur le tabouret de la salle de bains, face à la glace, porte entrouverte, lumière éteinte.

> « Franz a poussé la porte de la grange. Derrière lui court le petit Karl qui est logé au foyer des Lunes. Il s'agite avec de grands mouvements de bras. Je bondis hors de ma retraite, bousculant La Maligne et les chiots.
>
> Franz parle avec un débit si rapide que, même en français, je n'en comprendrais pas un mot. Le petit Karl traduit aussi bien qu'il le peut.
>
> Les Ogres viendraient à l'aube au foyer des Lunes et ils emmèneraient tous les enfants à partir de sept ans. Ils possédaient la liste, dix-huit enfants. Comment la

possédaient-ils ? On ne savait pas. Et tous ceux qui seraient sur place, Petits Poucets ou de connivence avec les Petits Poucets, feraient partie du convoi. TOUS.

La voix de Franz tremblait. Il savait que, régulièrement, j'assistais Marie Pitivier, dite Petite Mère, à la pension des Lunes. Je préparais une soupe, j'apprenais la broderie aux fillettes, j'initiais les enfants au tennis et cela apportait un peu de gaieté et de distraction.

Les mots restaient coincés dans la gorge de Karl. Il bégayait, reprenait avec acharnement. Des larmes naissaient dans ses grands yeux d'azur, c'était comme une pluie en plein soleil, mais Karl demeurait gris. Il était le ciel chargé de lourds nuages qui annoncent l'orage, la foudre et l'odeur de poudre qui lui succède.

Cette satanée guerre n'en finirait donc jamais, elle aurait bien le dernier mot, elle viderait son sac et s'établirait ici comme ailleurs. Et prendrait son lot de vies. Et s'en gaverait.

On allait procéder comme à l'ordinaire, on cacherait les enfants dans la forêt. Le pasteur Trocmé répondrait aux habituelles questions : "Ici il n'y a pas de Petits Poucets, il n'y a que des hommes." Et lorsque tout serait fini, lorsque les Ogres seraient repartis avec leur convoi vide, on irait chanter dans les bois : "Bénis l'Éternel, mon âme, Tout en moi doit bénir Son Saint Nom, Sa Gloire, Bénis l'Éternel, mon âme, Et n'oublie aucun don qu'Il fait dans Sa Grâce…" Et tous les enfants apparaîtraient comme des fantômes entre les branches basses des grands sapins.

J'ai regardé Franz et ce mot est venu sur mes lèvres, ce mot que j'ignorais connaître : "*Danke.*"

Il était plus de vingt heures. Il fallait organiser la dispersion des enfants dans cette nuit épaisse et froide.

Je suis allée frapper à la porte du presbytère. Magda m'a ouvert avec son grand sourire radieux qui s'est éteint comme une lanterne dans le vent à la vue de ma mine défaite. Le pasteur Trocmé a voulu savoir si l'information était fiable, il y avait eu ces derniers jours beaucoup de fausses alertes. J'ai avoué les joues rougies de honte. J'ai avoué Franz. Magda m'a serrée dans ses bras, elle a essuyé mes larmes avec son torchon à vaisselle. Le pasteur a pris mon menton dans ses mains, il a relevé mon visage jusqu'à plonger ses yeux dans les miens : "Franz aussi est un homme. Et les hommes ne sont pas tous des Ogres." Magda a préparé du pain et du saucisson, dix-huit portions. Le fils Trocmé est allé chercher des couvertures. Dehors, le cri des hulottes perçait le silence. C'était une nuit comme toutes les autres. Il fallait seulement infléchir le cours de l'aube qui s'ensuivrait.

Nous avons longuement attendu au foyer des Lunes. Nous avons laissé les enfants dormir le plus longtemps possible, si longtemps que j'ai eu tout loisir de broder les initiales de chacun sur les couvertures. C'était bon de me concentrer sur cette chose aussi futile, broder des initiales sur des couvertures.

À minuit, nous avons réveillé les enfants. Par petits groupes de trois, nous les avons dispersés dans la forêt. Six fois, nous les avons abandonnés à la pénombre de la nuit.

Le plus jeune s'appelait Hans, il avait sept ans. Magda lui avait fait croire à une chasse au trésor. Il sondait les moindres recoins de la forêt, proposait une cache, puis une autre. Il était si joyeux que tout le monde, malgré le froid et la peur, avait fini par se prêter au jeu.

Nous sommes tous rentrés au presbytère avant les premières lueurs de l'aube. Magda nous a servi un verre de marc. Nous l'avons bu d'une traite, puis, sans un mot, chacun est retourné chez lui.

Franz m'attendait devant la ferme. Les mains enfoncées dans les poches, le col de sa vareuse relevé jusqu'au-dessous du nez, l'œil sombre sous le ciel étoilé. Une clarté de lune lui barrait le visage. Il était beau. Il était comme un mirage étiré à perte de vue. Un mirage vertical. Une oasis où tout mon être était enclin à se désaltérer.

J'étais malade de cette soif qui parcourait ma gorge. Ce désir d'être abreuvée de l'intérieur. J'en avais l'eau à la bouche. Mais toujours la gorge sèche.

L'eau-de-vie me brûlait l'œsophage. Le breuvage m'avait chauffé les sangs et je sentais mon cœur battre en saccades dans ma poitrine.

J'avais chaud et de plus en plus soif. Et plus je me rapprochais de ce mirage, plus ses contours se floutaient, se mêlant à l'ombre de la ferme sertie de la voûte céleste et de l'étendue noire des prairies.

Je titubais, éreintée par cette marche forcée en forêt. Une masse indescriptible me compressait la poitrine.

Qu'adviendrait-il au petit matin ? Dans deux ou trois heures à peine. Avec le bruit des bottes et le raclement sourd des "*Schick Sie raus!*". Les injonctions et la colère.

Rien, nous n'aurions rien à donner, pas un seul quintal de chair humaine pour nous acquitter de notre dette, rien à sacrifier sur l'autel des Ogres. Alors peut-être se serviraient-ils au hasard… Avec toute l'iniquité du sort, l'ignominie d'une grande loterie où certains seraient mieux lotis que d'autres. Peut-être en serais-je…

Avec ma mine d'ascète et mon étoile jaune planquée dans la cave. Et ma puante odeur de lysol. Et plus personne pour s'occuper des chiots de La Maligne.

Sous la couverture. La couverture brodée de mes mains aux initiales des chiots.

Qui sent le lait tiède et le foin à la violette.

Sous la couverture.

Le corps de Franz.

Contre moi, le corps de Franz.

Les visages des dix-huit enfants blottis dans la nuit, voletant au plafond de la grange, comme des anges.

Serrer un corps.

Celui de l'Ogre.

Un corps sans visage.

Dans l'obscurité.

Un corps si doux, si lisse.

Un corps d'Ogre.

Et ses mains si patientes. Et ses mots si tendres. Dans cette langue si dure. Et l'aube qui pointera bientôt. Et toute la moiteur de l'oasis. Contre moi. En moi. Si doucement. Si longuement.

Franz mon amour.

C'est donc seulement de cela qu'il s'agit dans le corps. Et de tant de choses dans la tête. Franz, serre-moi. Reste encore. Une éternité. Jusqu'à l'aube. Jusqu'à la fin.

Je sais enfin pourquoi je suis née. Là, happant son souffle tiède contre ma nuque, au milieu des chiots qui gémissent et de La Maligne qui grogne. Je suis née pour recevoir le sexe d'un homme dans mon ventre. Et ce n'est pas si terrible. Ce n'est pas la pire des choses. Peut-être parce que c'est lui. Peut-être parce que c'est Franz.

Je ne me suis pas sacrifiée. Il n'y eut pas d'autre abandon que celui au désir, pas d'autre vacillement que cette chose que je nomme enfin jouissance. Si douce et si violente. Franz mon amour.

Franz mon amour. Reste. Reste encore.

Tu as couvert mon corps de ta vareuse, mais je n'avais pas froid. Tu as prononcé maintes fois mon nom au creux de mon oreille en prenant mon lobe dans ta bouche. Louise. Louise… Tu l'as dit presque sans accent, comme si tu n'étais pas des leurs.

Tu as baisé mes seins. Effleuré mon pubis humide. Tu as fait de moi ma propre oasis.

Je t'ai regardé partir dans l'aube incertaine. Il devait être près de cinq heures. Le coq allait bientôt chanter. »

Cette nuit et toute la matinée qui suivit, James Nicholson demeura allongé sur la moquette, serrant contre son torse, à l'emplacement du cœur, une bouteille de whisky qu'il avait bue au goulot jusqu'à la dernière gorgée. Lorsqu'il se rendit au restaurant vers midi trente, il se mêla aux habitués, vida cul sec un verre de blanc et s'installa à la place qui était la sienne. Il ne toucha pas à son assiette. Crut-il en cet instant qu'en s'affamant ainsi, il affamerait la bête ? À moins que ce ne fussent les relents de l'alcool absorbé qui lui imposèrent l'ascèse et l'abstinence après que des pulsions impérieuses eurent enflammé le corps tourmenté qui avait été le sien cette nuit-là. Car non seulement James Nicholson avait écumé une bouteille de whisky, mais il s'était caressé sauvagement, répétant le prénom de Nina dans une plainte jouissive qui avait fait pâlir la patronne du One Toutou lors de son habituel tour de garde. Des plaintes si longues, si rauques, des plaintes de bête, Alice Rivolier n'en avait jamais entendu de pareilles. Alors de cette nuit de dépravation, face à son assiette, James Nicholson eut honte et peine et dégoût. Et lorsque Nina inscrivit KO au dos de l'addition, malgré l'assiette restée pleine et les yeux éperdument vides de James Nicholson, elle ne prit pas la moindre mesure du glaive qu'elle enfonçait dans le cœur de l'Américain. Car la seule chose qui importait à James Nicholson, la seule chose qui lui permettrait d'amenuiser le travail de sape de la bête, était que la voix de Nina berce chaque jour les mots du cahier rouge sur le parme innocent de ses lèvres.

Alice avait remarqué le OK raturé en KO sur l'addition du jour.

– C'est quoi ces trucs raturés sur les additions de l'Américain ?

Nina ne répondit pas, elle tourna les talons. Alice lui emboîta le pas, se campa devant la porte, mains sur les hanches, hautaine et excédée.

– Faut pas prendre les enfants du bon Dieu pour des canards sauvages ! Si tu crois que j'ai pas compris ton manège !

Enfin elle ouvrit le passage, haussant les épaules, se signant devant la Vierge noire.

– Protégez cette petite, Sainte Mère… Moi, à son âge, j'étais aussi vierge que vous l'êtes !

Ce KO, c'est à Antoine que Nina devait de l'avoir formulé. Il l'avait conviée au One Toutou à vingt heures sans préciser les motifs de cette invitation. Il avait simplement fait promettre à Nina qu'elle passerait chercher Pierrot. Nina avait promis, et cette promesse ne lui avait rien coûté, car ces mots qui lui brûlaient les lèvres, les mots de Louise et du cahier rouge, ces mots hantés d'une malédiction qui lui échappait encore mais dont elle ressentait toute la terrifiante pesanteur, Nina les aurait volontiers plaqués sur la bouche de Pierre, sur la peau claire et veinée de son corps.

Lorsqu'elle arriva à la ferme du Grand Roure, elle portait une minijupe verte avec un coquelicot sur les fesses, précisément là où Pierre aimait à passer ses mains, deux pétales d'un rouge éclatant qui épousaient la croupe et ne demandaient qu'à se laisser cueillir. De quoi rattraper le temps perdu, endiguer la fuite des saisons, se répandre dans le vertige d'une éclosion printanière. Nina souriait, détendue et légère, habitée d'une sereine aménité. Une douce pensée l'effleurait, avec cette jupe-là, elle était offerte à la cueillette.

Sur le seuil de l'appartement, les chiens de ferme lui faisaient fête, manifestant la constance de leur affection. Nina se sentit comme chez elle, maître des lieux, maître des chiens, frappant trois petits coups contre la porte, la gaieté au cœur, le corps appétant au milieu des jappements joyeux. Lorsque Pierre apparut, elle se jeta à son cou, l'embrassant sur la bouche. Pierre se détourna, esquivant ce baiser qui portait le goût d'un autre. Pierre ne jouissait pas du bonheur simple et immédiat des retrouvailles, Pierre n'avait pas la faculté des aboiements joyeux d'après la trahison.

– Tu boudes, Pierrot ?

– N… Non !

– C'est à cause de l'Américain ? T'as tort, c'est pas…

Pierre n'entendit pas « ce que tu crois ». Sa main claqua sur la joue de Nina.

– … ors !

Dehors… Sors… Nina ignorait quelle était la vraie nature du mot sur la bouche de Pierre. Hors… Hors de ma vue… Hors de moi… Elle dévala l'escalier, paralysie faciale sur le côté droit, larmes qui ne coulaient que sur la joue gauche, coquelicot fané sur les fesses.

À vingt heures, au bar du One Toutou, Antoine arrosait sa réussite au concours d'entrée à Oxford. Gerlou servait une tournée pour chaque matière dispensée. Les verres se levaient. Canelle riait entre trois touristes du camping, trois basketteurs qui se croyaient à la hauteur. Gerlou enrageait.

Nina entra en se tenant la joue, commanda un whisky, trinqua avec Antoine.

– Et Pierrot, y vient pas ?

– Non, il est fatigué…

– C'est pas les soirées que tu passes avec lui qui doivent le fatiguer ! Tu sais comment ça s'appelle les filles qui courent plusieurs lièvres à la fois ? Des cœurs d'artichauts ! Et tu sais ce qui leur arrive aux cœurs d'artichauts… eh bien y s'font bouffer…

– Tu m'emmerdes, Antoine !

– J'essaie juste de te dire que ton Américain y va te bouffer toute crue !

– Et alors ?…

– Et alors je suis pas certain que Pierrot voudra ramasser les épluchures ! Tu comprends… Ce qui reste des cœurs d'artichauts bouffés par un autre, c'est dégueulasse…

Alice rappliqua avec la bouteille de whisky, au comble d'une excitation vénale qui lui enjoignait de compter les tournées en guettant le bruit du tiroir-caisse bien plus qu'à se réjouir de la réussite d'Antoine.

– Vous avez pas fini de vous mettre la rate au court-bouillon ! Les histoires de cœur, ça finit toujours par s'arranger !

Alice s'immobilisa avec la bouteille dans la main. Elle aurait dû se taire, elle aurait dû penser à Jacques, tourner sa langue six fois dans sa bouche avant de l'ouvrir. Elle aurait dû penser à l'été frappé du sceau de la mort du petit frère d'Antoine, se souvenir que les histoires de cœur, souvent, ça finit mal.

Pierre arriva tard dans la soirée. Alice s'était retirée après avoir sermonné Gerlou :

– Arrête de la bouffer des yeux ta Canelle, on n'a jamais marié la carpe et le lapin !

Gerlou s'était réfugié dans la cave avec les pages de la Genèse. Il avait trop bu pour décrypter la moindre ligne, il avait seulement compté les jours, jour premier, jour deuxième, jour troisième… Jusqu'au quarante-sixième… Il s'était écroulé, frappant son visage contre la terre, les yeux souillés de cette saloperie de pluie intérieure qui lui rongeait le cœur, cet acide que les autres nommaient chagrin d'amour. Au-dessus, les basketteurs avaient fini par entraîner Canelle en boîte de nuit. Lorsqu'elle avait déplié son long corps félin, ils étaient apparus minuscules et minables, baskets Nike et crânes rasés à la O'Neal.

Pierre poussa la porte. Il ne restait qu'Antoine avachi sur un canapé, quelques verres vides, des cendriers pleins, la Vierge noire qui veillait et trois filles du camping qui ne pipaient pas un mot de français mais qui, dixit Antoine, pipaient tout le reste, tout ce qui passait à hauteur de bouche.

Pierre hésita, il connaissait les fièvres et les délires d'Antoine, sa propension aux mises en scène excessives.

– Salut Pierrot, allez entre ! Regarde-moi ce beau souper d'Impures que je préside !

Il passa son bras autour de l'épaule de Pierre, le contraignant à avancer.

– Les filles, j'vous présente BiBi, Big Brother ou Bad Boy, comme vous voudrez… Vous allez voir, c'est un sacré mec… Tout p'tit c'était l'roi du tonneau en tracteur… Puis un jour y s'est fait écrabouiller l'cerveau eh bien vous savez quoi… Il était en pleine croissance notre BiBi alors tout c'qui a pas pu pousser dans son crâne ça a poussé dans sa braguette… Une bête je vous dis, un putain d'taureau… Allez BiBi, montre-leur, amuse la galerie, sûr qu'elles ont jamais vu ça…

Pierre but le whisky qu'Antoine lui avait servi. Les filles échangeaient des gloussements bêlants, ruminant leurs chewing-gums avec le lent mouvement de mâchoire des herbivores. Elles s'approchèrent de Pierre, curieuses et effarées. Elles le toisèrent, le mesurèrent, le flairant, estimant sa propension à la chose, sa capacité de mâle, sa puissance d'étalon. Elles commencèrent à se tripoter mutuellement, se débraillant un peu. Antoine leur pelota les seins, plongea sa langue tour à tour dans leur bouche. Elles ricanèrent de plus belle. L'une ouvrit la braguette d'Antoine, l'autre prit sa main et la fourra dans son slip, la troisième vint coller ses deux lourdes mamelles contre le visage de Pierre. Il vit ses minuscules tétons roses et ses aréoles fades. Il pensa à Nina, aux bouts protubérants, fermes et bruns de Nina. Il ne goûterait pas à ces seins-là.

Pierre était resté, ivre mort sur le carrelage, l'haleine enfiévrée, les ronflements assourdissants, la Vierge noire dénichée, nichée contre son torse. Pierre avait été incapable de bouger. Toute la nuit, derrière ses paupières, il avait revu ce que, l'autre jour, l'écran bleuté d'Emma lui avait montré, ce qu'il savait déjà et que tout le monde ici savait. Le beau visage de Virginia, les manivelles des radios tombées en panne, les déménagements en hâte, les contrôles sur les quais, les enfants cachés dans les granges, les prêches du pasteur, l'École Cévenole et les professeurs oublieux des identités, les Armes de l'Esprit, la cohésion de toute une communauté, le miracle du silence. Des bribes de mots, des bribes d'images que certains, aujourd'hui encore, venaient quérir ici, en terre protestante. Ils venaient du monde entier et de plus loin que le monde, venaient de la planète nommée Mémoire pour parcourir les pans d'histoire de ce bout de terre qui, par milliers, avait sauvé des Petits Poucets. Là où Virginia aussi était venue. Virginia. Virginia Hall. *Limping Lady*. La femme qui boite. Là où on avait élevé au rang de Justes tout un village. Là où des présidents avaient défilé pour rétablir l'honneur de la nation, rappeler si besoin était que cette forme de résistance avait existé, une résistance civile à la connivence de Vichy et à la barbarie de l'occupant. Dans la foule agglutinée, ce jour-là, le jour du président, Pierre avait senti la sueur mouiller ses reins. Quelque chose d'animal s'était insinué en lui, la conscience d'une responsabilité collective, l'instinct de meute, une appartenance qu'il ne pourrait pas nommer même lorsqu'il aurait recouvré tous les mots de l'enfance. Sur le carrelage souillé des ivresses de la nuit, il avait revu le film, réentendu les mots. « Ici, dans l'épreuve, s'est affirmée l'âme de la nation. Ici s'est incarnée la conscience de notre pays. » La bande-son déraillait, les images se substituaient les unes aux autres, mais tout y était.

Pourquoi Emma était-elle allée chercher ailleurs la silhouette de la femme qui boite alors qu'elle était là, qu'elle était là depuis toujours, depuis l'été 1944… Pourquoi Emma n'avait-elle pas senti cette présence comme Pierre la sentait sur le froid du carrelage, une main posée sur l'épaule de la Vierge, l'autre sur les pieds de l'Enfant. La présence douce et chaude de Virginia. Virginia Hall.

Le jour était à peine levé. Le seau d'eau s'abattit sur le visage de Pierre. Alice braillait comme une démente.

– Quand les andouilles voleront, tu seras chef d'escadrille… Se mettre la cervelle à l'envers de la sorte…! Tu le sais Pierrot, tu le sais que ta cervelle est déjà à l'envers…! Ah ce petit con d'Antoine, je lui réserve un chien de ma chienne… Et l'autre hein, il est où l'autre! Gerlou, nom de Dieu, tu es où!

Elle frappait le sol avec le manche de son balai, la cave dessous, la cave, la Genèse et Gerlou, sens dessus dessous.

Il apparut titubant, blanc comme un navet.

– T'as une gueule à caler des roues de corbillard, mon pauvre gars! Tu vas me ranger tout ça et qu'ça saute!

Gerlou la regarda fixement, aussi droit dans les yeux qu'il le pouvait.

– L'Éternel Dieu forma une femme de la côte qu'Il avait prise de l'homme, et… et… Il l'amena vers l'homme. Et… et… et l'homme dit… il dit… : Voici celle qui est os de mes os et chair de ma chair! On l'appellera femme, parce qu'elle a été prise de l'homme. C'est pourquoi l'homme quittera son père et sa mère, et s'attachera à sa femme, et ils deviendront une… une seule chair.

Jamais Gerlou n'avait encore récité ce passage. Lui-même, en cet instant, ne se souvenait pas l'avoir appris. Alice abdiqua, posa le seau et le balai.

– Bande de scélérats, un jour je vous tordrai le cou ! Je le jure… un jour je vous tordrai le cou !

Elle les traîna jusqu'aux toilettes. Ils vomirent tour à tour dans un grand vacarme de râles, de Virginia et de Canelle. Elle les allongea sur le canapé, dans le petit salon, tête-bêche, comme étaient ensevelis les Templiers, persuadée que pour ces deux-là la quête du bonheur ne faisait que commencer. Puis elle les couvrit d'une couverture, déposa un baiser sur le front de l'un, passa sa main dans les cheveux de l'autre, reprit son seau et son balai, replaça dans son antre la Vierge noire en étouffant un juron.

8

TOUTE LA NUIT, JAMES NICHOLSON était resté reclus dans la chambre dix-sept. Avant le lever du soleil, dédouané de l'œil scrutateur de la bête encore ensommeillée, il avait déployé son corps étrangement souple et il était sorti du One Toutou. Il avait arpenté les rues du village, longeant la place des Marronniers jusqu'à la plaque du mémorial, face au temple. « Hommage à la communauté protestante de cette terre cévenole, et à tous ceux entraînés par son exemple, croyants de toutes confessions et non-croyants, qui, pendant la guerre 1939-1945, faisant bloc contre les crimes nazis ont, au péril de leur vie, sous l'Occupation, caché, protégé, sauvé par milliers tous les persécutés. Le souvenir du Juste restera pour toujours. Psaume CXII-6. »

Puis il s'était assis sur un banc, entonnant d'une voix enjouée :

« James Nicholson, tu es le petit-fils de Louise,

James Nicholson le petit-fils de Louise Sorlin. »

Lors du déjeuner, il avait manifesté une curiosité puérile aux choses les plus triviales telles que les ingrédients de la sauce au poivre et la météo du jour. Il s'était enquis de l'état de fatigue de Nina, avait vanté les bienfaits du grand air et l'harmonie parfaite des carreaux vichy qui paraient les nappes et les serviettes de table, avait terminé son rumsteck avec appétit, redemandé des carottes qu'il avait englouties en trois coups de fourchette avant de se tapoter les lèvres d'un geste de satisfaction précieuse.

Ce James Nicholson apaisé, s'obstinant à contrefaire le parfait petit-fils de Louise Sorlin, attablé calmement, n'était apparu ni fiable, ni réel, ni seulement viable au regard circonspect de Nina. Voilà pourquoi elle n'avait pas été surprise lorsque soudain il l'avait interpellée, saisissant son bras comme il l'avait fait de celui de l'infirmière, beuglant dans la salle comble du restaurant :

– Ainsi Nina, dites-moi, ainsi suis-je digne d'être le petit-fils de Louise Sorlin ?

Nina n'avait pas retiré son bras. Elle avait tendrement laissé glisser sa main dans celle de James Nicholson, prononçant ces mots d'une sincérité désarmante :

– Tout va bien, tout va bien… je viendrai ce soir… c'est promis, je viendrai.

« Tout est allé très vite.

Ce sont les aboiements de La Maligne qui m'ont éveillée, le grognement sourd qui hérissait les poils de son cou, le bruit sec de la crosse sur son crâne, le fracas de la botte contre son flanc. Puis la plainte insoutenable qui suivit. Son corps tressaillant sur la couverture. Les chiots l'escaladant, lui mordillant les oreilles, s'emparant en hâte des mamelles offertes.

– *Schnell! Schnell!*

La main déjà agrippait mon bras. J'enfilai les manches de la vareuse de Franz. Je savais mes yeux écarquillés dans mes orbites. Et ce n'était pas cet Ogre, pas sa voix lugubre et rauque, pas l'arme qu'il brandissait, pas ses bottes de géant. C'était le spectacle de ma vieille Maligne agonisant. Le sang qui pissait sur ses babines, le souffle trop court qui soulevait ses côtes. L'horreur, c'était ça.

Il m'a poussée devant lui jusqu'au presbytère. Dans la grande salle, les enfants des pensions étaient regroupés. Le pasteur Trocmé, Magda et Jispa tentaient de les réconforter. Les enfants des fermes aussi étaient là. Les enfants de La Montagne. De ceux qui ne figuraient sur aucune liste. Niels aussi attendait.

Les Ogres étaient entrés au foyer des Lunes. Ils n'avaient découvert que des lits vides, encore chauds, mais ils avaient une liste de dix-huit noms, et le ton était monté. Ils ne repartiraient pas sans dix-huit enfants. Ils avaient menacé. Ils étaient partis dans les bois, balayant de leurs torches les moindres recoins de la forêt, pénétrant chaque buisson, couchant les fougères, arpentant les clairières. Ils étaient rentrés bredouilles, suants, la rage dans l'œil.

L'Ogre 3021 avait ordonné que l'on fouille chaque maison. Alors ils avaient ramené nombre d'enfants en âge d'être sur la liste, nombre d'enfants entre sept et dix-sept ans, tous ceux qui n'avaient pas eu sur-le-champ de papiers à présenter. Ils les avaient conduits au presbytère.

Franz était là. Il parlait la langue barbare des Ogres et mimait leurs gestes brusques. Il était immense dans son uniforme. J'ai levé les yeux le temps de le reconnaître. Puis je les ai baissés. Pas de la honte d'être ce que j'étais ni de la honte qu'un Ogre soit passé sur mon corps. Non, seulement de la honte de la laideur de Franz.

Franz était laid et sa langue sèche était laide. Il faisait mine de ne pas me reconnaître mais comment aurait-il pu… Il y a moins de quelques heures, il baisait ma bouche et pénétrait mon sexe vierge. Je portais encore son odeur sur ma peau et sa vareuse sur mes épaules.

Peut-être avait-il lui-même indiqué la grange à ses amis les Ogres… Cette idée me terrassait bien plus que tout ce qui pourrait désormais advenir. Plus encore que l'idée de la mort.

Franz mon amour.

Je l'ai répété tout bas. Et je n'ai plus cessé de le répéter.

Franz mon amour.

Et c'est devenu si doux que je ne sentais plus le froid lécher mes reins. Et c'est devenu si doux que les inflexions rêches de la langue des Ogres me parvenaient comme une berceuse.

Alors je me suis approchée de Niels, j'ai chanté contre ses cheveux, “Franz mon amour, Franz mon amour…” d'une voix si réconfortante qu'il a cessé de trembler.

J'allais partir avec eux, j'allais leur dire l'étoile jaune dans la cave et les poux dans ma tête. J'allais partir avec, pour dernier souvenir, le corps de Franz contre le mien.

Le reste, tout le reste, ne serait qu'un mauvais songe.

J'allais partir femme alors qu'auparavant, avant Franz, je n'étais qu'enfant.

Franz mon amour.

Niels, blotti contre moi, le chantonne à son tour.

Franz mon amour.

De sa voix d'innocence.

Franz mon amour.

Sans ces mots je me lèverais subitement, j'attraperais le grand couteau de boucher dans le tiroir du bas, je le planterais dans ton cœur.

Et j'attendrais de savoir si j'ai mal.

J'attendrais de savoir si j'étais là.

Dans ton cœur.

Franz mon amour.

Il me faut ne pas me détacher de ces mots.

Il me faut ne pas demander l'impossible.

Trois Ogres assistent Franz dans sa triste besogne. Je ne les connais pas. Je les baptise 423, 684 et 1392.

L'un parlemente avec le pasteur Trocmé, les deux autres sont attablés à l'écart et dégustent les œufs au plat que Magda leur a préparés. Ils se servent du vin encore et encore, ils parlent fort, ils rient. Et boivent. Et parlent fort. Et rient. Et boivent.

Et se servent du vin.

Magda va jusqu'au bureau de son mari. Elle en revient avec une liasse de papiers. Ses yeux se mouillent. Tous les papiers sont faux, rien ne va, ni les âges ni les origines. Du faux qui ne fera pas illusion.

Magda le sait.

Les enfants grelottants défilent un à un devant Franz. Magda tend les papiers. L'Ogre 684 secoue la tête : "*Nein, nein, nein*", ce sont les enfants des pensions, ce sont les autres.

Franz remplit le registre. L'écriture de Franz… Je pense à l'écriture de Franz.

Est-ce que sa main tremble… A-t-il pitié…

Franz mon amour, as-tu pitié ?

Des parents accourent, les papiers de leur enfant entre les mains.

L'Ogre 684 acquiesce : "*Ja, ja.*"

L'Ogre 684 fait son travail.

Il n'est ni heureux ni déçu de trouver de bons enfants avec de bons papiers.

Lorsque vient mon tour, je dis mon prénom.

Je dis Louise. Louise Sorlin.

Je le dis avec l'accent de Franz.

Je vois sa main prête à écrire sur le registre.

Je vois la main de Franz prête à écrire mon prénom sur le registre.

Je veux que Franz l'écrive, je veux qu'il le fasse de sa main. Je veux qu'il m'exécute ici, en cette enceinte bénie de Dieu, et ne pas connaître le reste, la faim et le froid, la peur et l'asservissement.

Je veux mourir des mains de Franz, je veux être sacrifiée, comme maman, sacrifiée par un Ogre.

Franz mon amour.

Franz mon amour, Niels continue de le chanter. Dans la file de ceux qu'on emmène de l'autre côté de la trop vaste pièce.

Magda a fait prévenir mon père. Il est arrivé essoufflé, la peur au ventre. Il a tendu mes papiers. Puis il a traversé la pièce, jusqu'à Niels. Il l'a soulevé dans ses bras, le pressant contre lui, s'emparant de sa nuque, de ses cheveux, de son front, comme jamais il ne l'avait fait de mon corps.

Je me suis d'abord rassasiée de cette image. Cette fougue charnelle qui confondait la joie de l'étreinte et la douleur de la séparation. Puis j'ai haï cet homme donnant en spectacle l'affection paternelle dont je l'avais toujours cru dépourvu, la sollicitude qu'il n'avait jamais témoignée ni à mon égard ni à celui de maman.

J'aurais voulu ne pas être sa fille.

J'aurais voulu ne pas avoir ces papiers-là.

Ne pas porter son nom. »

Pierre avait observé Nina longeant la rue du Breuil jusqu'à la porte du One Toutou, Nina flottant dans l'éther gorge au vent, flottant et effleurant parfois l'asphalte de sa démarche funambule. Pierre avait si souvent avivé son cœur à cette vision, cette silhouette de femme aimée marchant vers lui, venant à sa rencontre. Ce soir, à l'affût, terré comme un spectateur impuissant et honni, cette même vision de la même femme dans des dispositions tout identiques imprimait dans sa poitrine la marque lourde et compacte du désaveu. Plus encore qu'elle continuât de lui appartenir, il importait à Pierre que Nina fût avec un autre différente de ce qu'elle avait été avec lui. Il se sentait trahi par cette femme univoque qu'il imaginait blottie dans les bras d'un autre comme elle l'avait été dans les siens, avec la même inclinaison de la nuque, le même regard abandonné et doux. Et tout ce qu'il avait possédé, alors l'Autre le posséderait.

Pierre s'attarda longuement devant la porte du One Toutou. Puis il remonta la rue du Breuil, contourna le village et rejoignit Virginia Hall. Les volets du bureau étaient clos. Il ferma la porte, alluma l'ordinateur d'Emma, fixa l'écran bleuté. Virginia Hall. Il répéta ce nom, il savait le dire, des heures entières il avait appris à le dire. Les sons enflaient dans sa gorge, sa voix devenait nette et forte, Virginia, Virginia Hall. Il se leva, corps penché en avant, bras largement écartés, effectuant de petits ronds concentriques dans la pièce. Virginia. Virginia Hall. Ses pieds frappaient le sol, ses mains se soulevaient puis s'abattaient sur ses cuisses, sa tête oscillait en lents mouvements du bas vers le haut, sa nuque était souple, ses muscles dorsaux bandés de part et d'autre des vertèbres, son torse enflait sous ses côtes. Virginia. Virginia Hall. Il tournait, tournait encore sur lui-même, entrait à l'intérieur de lui. Derrière ses paupières se dessinait le visage de Virginia, menton frondeur, brune chevelure tirée en arrière, yeux verts en amande, collier de perles enserrant son joli cou. Elle était là, Pierre la voyait, Pierre la touchait.

Sur l'écran, le message d'Emma apparut.

Mon petit Pierre,

Je suis bien arrivée. Le voyage a été long. Le Maryland, c'est le bout du monde ! Ce matin je suis allée à la Roland Park Country School, l'école où Virginia a grandi. L'après-midi, j'ai rencontré sa nièce Lorna Catling qui loge dans un pavillon au nord de Baltimore. Elle m'a montré des cahiers de Virginia à l'école primaire ! Je lui ai expliqué que je voulais écrire un livre sur la vie de Virginia ou du moins qui s'en inspirerait. Elle a trouvé ça bizarre, comme si la vraie vie de Virginia n'était pas assez romanesque ! Elle a peut-être raison... Dans l'entrée de la maison est accroché un cadre avec la décoration de Virginia comme membre de l'ordre de l'Empire britannique. Elle m'a aussi montré une photo de Virginia.

J'ai reproduit tout ça.

N'oublie pas de tout sauvegarder.

Prends soin de toi.

Emma

Sur la photo que Pierre avait imprimée, la jeune femme le regardait sans sourire. Elle était plus belle encore que dans sa transe. Un col en fourrure couvrait sa nuque et le collier de perles. L'image noir et blanc ne disait rien de la couleur des yeux. Pierre glissa la photo dans sa poche. Virginia était sauvegardée.

Il reprit place sur le fauteuil d'Emma. Une à une, il ouvrit les notes. Elles n'étaient pas titrées, seule une date nommait chacune d'entre elles.

12 décembre 2006
Une cérémonie publique a été organisée par les autorités britanniques et françaises en l'honneur de Virginia Hall. Sa nièce, Lorna Catling, s'est vu remettre l'attestation de la décoration de Virginia comme membre de l'ordre de l'Empire britannique, signée du roi George VI. Cette reconnaissance honorifique date du 13 juillet 1943. Un tableau représentant Virginia qui émet un message radio dans une ferme du Chambon-sur-Lignon a été dévoilé pendant la cérémonie. Cette peinture sera conservée au musée de la CIA, à Langley en Virginie.

1912-1924
Virginia poursuit ses études à la Roland Park Country School, à Baltimore. Elle est une élève brillante et y reçoit une instruction qui lui ouvre déjà la voie d'une carrière exceptionnelle, grammaire latine, allemand, français… Elle fréquente les cours de théâtre avec assiduité. Elle ne sait pas encore que l'avenir lui fera user de cet art du jeu de rôle. Elle sera également la rédactrice en chef de *Quid Nunc*, la revue annuelle de sa promotion. Son ambition

s'affiche clairement à côté de sa photo : « Il me faut la liberté avec la plus grande latitude possible. » L'été, Virginia se réfugie dans la ferme tant aimée de Box Horn, au milieu des animaux et des champs.

Pierre avait relu cette dernière phrase à plusieurs reprises, se délectant de la connivence qu'elle faisait naître entre sa propre enfance et celle de Virginia. Assis sur le fauteuil d'Emma, yeux fermés, poings serrés, il tenta vainement de la prononcer, s'aheurtant à chaque tentative sur le « tant aimée ».

Puis soudain, la phrase jaillit, claire et étirée, tissant sa toile lumineuse sur ses lèvres ébahies – La ferme tant aimée de Box Horn au milieu des animaux et des champs –, la plus longue et la plus belle phrase que Pierrot ait jamais prononcée.

À aucun moment il ne s'était connu une pareille insouciance, une légèreté, se dit-il, à l'image de cette phrase qui reliait son enfance et celle de Virginia, la ferme tant aimée de Box Horn et celle tant aimée du Grand Roure. Alors, les nappes de brouillard se levèrent sur sa mémoire et Pierrot s'immisça dans la vie intime de celui qui avait été Pierre, le petit sauvage, le Vendredi de maman. Les mamelles chaudes des montbéliardes d'où le lait s'écoulait en jets impétueux entre ses mains trop petites et trop empressées, l'étable empuantie du pissat des bêtes mêlé à l'odeur âcre du liquide blanc et crémeux à l'heure de la traite, les courses-poursuites éperdues au milieu des volailles effarouchées dans un grand vacarme de plumes et de caquetages, la mère chantonnant les airs de l'enfance en tranchant les cuisses, les cous, les ailes, les pattes. Puis le chemin de l'école sous la lumière crue des matins givrés, la main de la mère dans celle de Pierre, le nom des oiseaux transsis dans les buissons disputé sur leurs bouches, les longues glissades sur les plaques de verglas. Ou encore le même chemin sous le soleil timide de mai, les genêts en fleur et les digitales en bouton, les bouquets offerts comme une promesse d'amour éternel, indéfectible. Et le soir sur le canapé, la lecture du cahier : « Élève appliqué et attentionné, éveil hors du commun, très en avance pour son âge ». Des mots lus et relus, blotti contre la mère, des mots prononcés après le repas du soir, comme un dessert, des mots sucrés qui laissent un goût de miel dans la bouche.

La ferme tant aimée de Box Horn au milieu des animaux et des champs. Cette phrase qu'il était inconcevable que son cerveau malade ait pu formuler, Pierre irait à la ferme du Grand Roure la déclamer à la mère, lui offrir une réminiscence de son enfant prodige. Une phrase entière – La ferme tant aimée de Box Horn au milieu des animaux et des champs.

Il est à peine sept heures. Dans le salon, la mère est en robe de chambre. Elle sort les photos de l'album, toujours les mêmes. C'est son rituel matinal, son marc de café dans lequel elle lit et relie le passé. Il y a deux albums, celui d'avant, marqué Pierre, celui d'après, marqué Pierrot. Pierre est écrit en lettres attachées, liant. Pierrot est écrit en lettres bâtons, rigide. Ses mains ne tremblent pas. Il y a seulement des sanglots semés dans sa gorge, mais qui ne parviennent pas à germer. Elle n'ouvre d'abord que le premier album. Une fois les photos entre ses mains, elle les caresse lentement. Pierre est sur ces photos. Pierre a un jour, deux jours, un mois, un an, puis deux, puis jusqu'à huit. Le premier album s'arrête aux huit ans de Pierre. Soixante-six pages. Pierre prenant le sein de sa mère, Pierre faisant ses premiers pas, Pierre déguisé en Indien, Pierre conduisant un tracteur, Pierre soufflant des bougies. Pierre rit sur toutes les photos. Pierre n'était pas un enfant boudeur.

Elle s'attarde sur l'image de Pierre conduisant le tracteur, la replace dans l'album, y revient encore. Les sanglots éclosent enfin dans ses yeux, des larmes lui mouillent les pommettes. À présent ses mains tremblent. Elle referme l'album, hésite à ouvrir le second, le feuillette sans en retirer les photos, sans les glisser entre ses doigts. Le deuxième album. Seulement quatre pages.

Pierre oh! est en pyjama.

Pierre oh! est maigre comme un clou.

Pierre oh! boude derrière ses lèvres blêmes.

Pierre oh! a neuf ans.

Pierrot vient de naître.

Pierrot fait ses premiers pas avec des béquilles.

Je suis désolé maman que tu aies perdu Pierre. Je suis désolé de n'avoir que Pierrot à t'offrir en échange. Et je sais. Je sais que je ne t'ai pas même laissé la consolation d'une tombe sur laquelle te recueillir. Il ne faut plus y penser maman. Pierre est mort un point c'est tout. Et il vaut mieux que Pierre ne soit pas au cimetière. Combien mesure un enfant de huit ans… Souviens-toi maman comme Pierre était petit. Un mètre dix-sept. Un si petit cercueil ça aurait été terrible. Tu aurais versé toutes les larmes de ton corps et tu l'aurais noyé ton petit Pierre. Après qu'il a été écrabouillé sous un tracteur.

Non maman ne fais pas ça!

N'enclenche pas la cassette!

Tu te fais du mal maman.

Elle ferme les yeux, elle ne regarde pas les images. Elle monte le son, écoute la voix de Pierre, son enfant conteur, son enfant hâbleur. Il chante face à la caméra :

« L'Araignée, l'Araignée
Est un être bien singulier
Dans sa toile, il attend
D'attraper les brigands
Attention !
Car l'Araignée est là
Il est fort, agressif
Il a du sang radioactif
Il s'envole sur un fil
Et fait fi du péril. »

Sa voix est un bonbon de miel qui se dilue dans le corps de sa mère, une gourmandise au sucre dont elle se gave, qui coule dans ses artères et emballe son cœur jusqu'à l'affolement.

C'est pour ça maman que tu as eu du diabète à trente ans. C'est à cause du miel de la voix de Pierre.

Chaque fois qu'il cesse de chanter, on entend cette phrase qu'elle répète derrière la caméra : « Dis-moi quelque chose, mon petit Pierre, dis encore quelque chose ! »

Et ils rient ensemble et l'image vacille et l'horizon bascule et le ciel se trouble.

Je sais que tu serres Pierre dans tes bras. Je sais que tu l'embrasses.

Sur l'écran, seulement une vague de blé qui ondoie sous le vent, mais il reste le son, la voix de Pierre : « T'es la plus belle des mamans, serre-moi encore maman, serre-moi encore. »

Pierrot chiale derrière l'embrasure de la porte. Il a dix-neuf ans et il chiale comme un enfant. Il voudrait lui chanter une chanson, lui raconter une histoire, il voudrait lui dire : « Serre-moi encore maman, serre-moi encore. »

La mère entend les pleurs dans son dos.

– Fiche le camp, Pierrot, fiche le camp !

Elle le dit la voix noyée de larmes.

9

James Nicholson est arrivé en avance au déjeuner. Une partie de la salle de restaurant a été colonisée pour étendre le territoire du bar. Une foule endeuillée se presse. On verse quelques verrées réconfortantes. Les bras se tendent en accolades affectées, les embrassades s'étouffent sur les joues humides, les chuchotements se glissent d'une oreille à l'autre, les mêmes signes d'acquiescement résigné se dessinent sur les visages contrits. En cette matinée du 12 juillet, on a enterré Jeanne Delors, une locataire de la résidence des Sycomores, dite Jeannette pattes-en-l'air, et qui bénéficiait d'une renommée cantonale pour avoir appris à danser le french cancan lors d'une enfance exilée dont elle avait entretenu jalousement le mystère. Toujours est-il que chacun garde le souvenir ému de cette diable de femme lançant ses jambes sous les regards médusés, les lançant avec une souplesse qui forçait d'autant plus l'admiration que celle qui demeurait le reste du temps une pieuse et chaste femme n'accordait que peu de place à la souplesse morale. Nombre de fêtes villageoises avaient ainsi été égayées de ce singulier chahut, de quadrille en quadrille, avec tout l'attirail propre à la chose, bas noirs, jarretelles et froufrous, sur les rythmes d'Offenbach qui, avant-hier encore, résonnaient de toute leur fougue polissonne au deuxième étage des Sycomores. On se souvenait tout autant de cette généreuse jeune femme qui avait répandu la joie et la chaleur en abritant sous son toit nombre d'enfants cachés dans La Montagne en cette période trouble qu'elle nommait elle-même « Les sales années quarante ».

Ainsi, l'hécatombe se poursuivait qui cueillait les vieux comme des fleurs fanées dans les couloirs des Sycomores. On comptait les disparus sur ses doigts et, déjà, on venait à manquer de mains. On commençait à formuler l'hypothèse d'une malédiction frappant avec un acharnement aveugle les bonnes âmes qui, en des circonstances difficiles, avaient fait l'honneur et la réputation du village. Et que ces âmes puissent si subitement être rappelées à Dieu laissait suspecter un égarement divin dont on ne savait désormais comment infléchir le cours tout-puissant. Alice l'avait subrepticement glissé à l'oreille de Nina : « Je te le dis moi, il est dérangé l'Autre là-haut ! Il sucre les fraises ! Il a la main qui tremble et il ramasse au hasard... Tout de même, cette bonne Jeanne qui écoutait Offenbach, qui l'écoutait même religieusement ! »

Dans ce climat de suspicion que seule pouvait lever l'évidence d'une culpabilité tout humaine, le silence se fit lorsque James Nicholson poussa la porte du restaurant. Et de cette stupeur qui figea les gestes et les visages, l'Américain entendit une voix jaillir, une voix composée de toutes les voix réunies :

– James Nicholson, il te faut cesser d'arpenter les rues du village aux premières lueurs de l'aube. Il te faut cesser de t'asseoir sur ce banc, face au temple. Ici n'est pas ta place. Et ces paroles proférées l'autre jour dans la salle comble du restaurant, cette façon arrogante d'invoquer l'âme des défunts, l'âme pure et respectable de Louise, non, il ne serait pas de bon augure, James

Nicholson, que ces paroles aient été entendues comme un blasphème jailli de ta bouche inconséquente. Parce qu'ici, dans La Montagne, rien n'est moins sûr que tu sois vraiment le petit-fils de Louise Sorlin. Non, rien n'est moins sûr.

Ce midi-là, James Nicholson ne déjeuna pas au One Toutou. D'ailleurs sa place habituelle y avait été prise avant même sa venue. Il s'éloigna d'un pas lent, ne pouvant se départir de cette voix qui n'était que pure affabulation de son esprit.

❧

> « Tout s'est passé sans bruit. Ils ont conduit dix-huit enfants jusqu'à la place des Marronniers, les ont fait monter dans l'autobus. Comme on parque un troupeau, comme des bergers avec leurs brebis.
>
> Magda a distribué des sacs remplis de saucisson, de fromage et de pain frais. On a même déniché quelques tablettes de chocolat. C'était comme un départ en colonie de vacances, mais les visages étaient graves, tous les visages autour, ceux qui s'étaient amassés par conviction, curiosité ou simple mimétisme.
>
> Les enfants pleuraient. Derrière les vitres, peu à peu, la buée les recouvrait. De grandes fissures se dessinaient, découpant les visages comme les pièces d'un puzzle. Leurs regards effrayés disparaissaient derrière les blanches traînées de givre.

Niels me faisait un petit signe de la main. Jamais je n'avais vu de si grands yeux. Jamais un si grand vide. Jamais je n'avais vu les si grands yeux vides de Niels.

Au-dehors, l'attroupement enflait. La burle soufflait, agglutinant la neige en paquets épais qui finissaient par recouvrir nos pieds. Nous entonnâmes d'une voix sereine le vieil hymne luthérien : "C'est en rampant que notre Dieu…" Le cantique montait de nos poitrines avec une ampleur magistrale, puis enveloppait les Ogres, tandis que d'autres villageois se groupaient derrière nous.

Franz tentait de les repousser.

Franz mon amour seul contre tous.

J'aurais tant voulu lui venir en aide.

La buée gelée contre les vitres avait totalement englouti les dix-huit visages. Ces dix-huit-là contre les dix-huit qui étaient cachés dans la forêt et qui devaient trouver le temps si long.

Rappeler les enfants de la forêt et les livrer contre ceux de l'autobus, revenir à l'ordre des choses, chacun de nous y avait songé. Mais il était trop tard, nous ne pouvions plus faire marche arrière.

Nous n'avons pas cessé de chanter, puis le miracle s'est accompli. Le clop-clop des sabots s'est remis en marche et nous nous sommes pressés dans l'autobus. Nous avons couvert de nos chants la langue barbare des Ogres qui nous invectivaient. Nous avons pris chaque enfant par la main, les avons fait sortir, l'un après l'autre, calmement.

Niels continuait de chanter "Franz mon amour", il agrippait sa main à la mienne et je sentais son pouls battre contre ma paume.

Sur la chaussée, nous avons formé un bouclier autour des enfants et nous avons amplifié la clameur de nos chants.

Soudain, Niels a dégagé sa main. Il est remonté dans l'autobus, il s'est assis, me souriant derrière la vitre. Je n'ai pas tenté de le retenir.

J'ai consenti, Niels, j'ai consenti à ton sacrifice.

Les portes se sont fermées. Franz et l'Ogre 3021 ont parlementé sur le trottoir. Les Ogres 423 et 684 sont montés dans la voiture garée derrière l'autobus.

Franz a fendu la foule. À ma hauteur, il a arraché le pendentif qui flanquait sa poitrine. Il l'a glissé dans ma poche. Dans la poche de sa vareuse. J'ai senti mon cœur exploser sous mes côtes. Franz est reparti vers l'autobus. Il s'est retourné en criant : "*Sieh drinnen nach!*" J'ai gravé ces mots dans mon crâne. Ne voulant jamais savoir ce qu'ils signifiaient.

Nous avons regardé le convoi s'éloigner, et Niels à l'intérieur. Tous les regards se sont braqués sur moi. Mon père m'a attrapée par le bras et nous avons traversé la foule silencieuse. Il m'a traînée jusqu'à la ferme par les cheveux, comme l'Ogre dans la grange, l'Ogre assassin de La Maligne.

Je serrais le médaillon contre ma poitrine.

Je chantais doucement, Franz mon amour.

Il me demandait de cesser mais je continuais.

Je ne pouvais pas m'empêcher de continuer.

Dans la cave, il m'a craché au visage. Puis avec un manche de fourche, il m'a battue jusqu'au sang. Jamais je n'avais imaginé que la colère des hommes pût à ce point les défigurer. Sa mâchoire tremblait, ses yeux jaillissaient hors des orbites, son visage enflait sous le grenat de la peau.

Je gisais sur le sol. Il s'empara du pendentif. Je le suppliai de me le rendre. Je le suppliai. Même lorsqu'il eut disparu après avoir cadenassé la trappe de la cave, je le suppliai. De mes lèvres tuméfiées où le sang dégorgeait.

La nuit qui suivit, longtemps, si longtemps, il est entré dans le ventre de maman.

Je me suis recroquevillée sur le sol. Moi aussi, il me fallait entrer dans un ventre. J'ai serré l'étoile jaune contre ma poitrine. J'ai pensé aux enfants de la forêt, ceux que les Ogres n'avaient pas dévorés, mais qui devaient être rongés par la peur et le froid.

J'ai pensé à Niels qui était parti seul dans l'autobus et qui était une proie dont les Ogres s'étaient contentés.

J'ai pensé à tous les Petits Poucets. »

10

La voix de Nina avait cessé d'être en harmonie parfaite avec celle que James Nicholson lui connaissait lors de la lecture du menu du jour. Elle hésitait, bredouillait, reprenait une phrase par le début, ponctuant le silence des sauts de ligne par des raclements de gorge itératifs. Elle avait fini par se plier au rythme de Louise, ne pouvant se soumettre à abréger la lecture avant que la fin d'un chapitre ne le lui imposât. Car ainsi se ponctuait le texte du cahier rouge, avec ses grandes coulées de vagues bleues entrecoupées de pages blanches. Nina n'était pas persuadée de saisir toute la complexité de ce monde habité d'Ogres et de Petits Poucets, mais elle se sentait de plus en plus imprégnée des émotions de Louise. Chaque page la confondait davantage avec celle dont elle était la voix. On voyait l'orbe du désir empourprer ses joues lorsqu'elle prononçait le prénom de Franz et elle s'était levée le corps recru et les yeux enflammés après le chapitre de la nuit passée sur la terre de la cave. Cette façon si pleine d'être là, assise ou allongée sur le lit de la chambre dix-sept, absorbée par les monts et les plaines de cette écriture stricte, consacrée tout entière à la lecture du cahier rouge, fissurait l'écorce protectrice de

Nina, la démasclant comme un jeune chêne dévolu à l'œil du cyclone.

« À présent, j'ai le temps et je mesure à quel point c'est un bien précieux. J'ai le temps du dehors, le temps du dehors de la vie. Le temps du dedans, faudrait-il dire. Dans le ventre. Le ventre de la terre. La cave… Mon père croit-il vraiment que j'ai attendu son injonction cadenassée pour y venir ?

La douleur qui parcourt mon corps est si douce. Mes membres engourdis, mon visage défiguré, mes mains enflées et bleues, tout cela est si doux face à la colère qui gronde dans mon cœur.

Cette colère, je voudrais la disséquer, en mesurer les moindres organes, en extraire les viscères, en soupeser l'âme. Cette colère, est-ce le fracas contre les côtes de La Maligne ? Le visage de Niels dans l'autobus ? L'inquiétude pour ceux qui attendent pétrifiés dans les bois ? La trahison de Franz ? Est-ce de savoir que Franz est un Ogre pour toujours ? Que rien, ni la douceur de mes baisers ni mes profondeurs moites, n'avait pu le ramener à ce qu'il fut un jour ?

Un homme.

Franz mon amour.

Il me faut chanter cette complainte.

Il me faut ne jamais l'oublier.

Un rat s'est arrêté face à moi. Il se dresse sur ses pattes de derrière et secoue la tête. Ce rat que veut-il… Que veut-il savoir de moi… Pourquoi n'a-t-il pas peur… Les rats sont-ils carnivores ? Se nourrissent-ils de charognes comme les grands vautours ?

Ça chemine lentement dans les méandres fangeux de mon cerveau. Le pouce de l'oncle Paul rongé par un rat lorsqu'il sommeillait, né de quelques aubes, dans son trop vaste berceau. Et toute sa vie, l'oncle Paul avait sucé ce pouce manquant. Et sur son lit de mort, encore il le suçait.

Je voudrais taper du pied, effrayer cette bête de malheur. Je voudrais lire la terreur dans ses yeux. Qu'il prenne ses jambes à son cou et que jamais plus il n'ose pénétrer mon royaume.

Mais mon corps ne me répond plus. Suis-je morte ? Est-ce seulement cette sensation étrange, la mort ? Seulement cette impossibilité d'agir.
Seulement cette indisposition.
Seulement cette impuissance.

Je hurle. De toutes les forces infimes qu'il me reste, je hurle. Il recule. S'assied comme un petit chien sur son postérieur. Agite à nouveau la tête. De plus en plus vite.

Frotte ses dents dans un bruissement aigu. Se met à courir d'un bout à l'autre de la cave. Sa longue queue fouettant la terre.

J'ignore combien de jours se sont écoulés. J'ai entendu trois fois le chant du coq, mais rien ne prouve que je n'aie pas raté quelques aurores.

Mon corps n'est que chair en souffrance. Mais cela m'occupe. Déplier une jambe. Redresser le dos. Étendre un bras. Murmurer un son.

Rien ne me manque tant qu'un miroir où je pourrais explorer mon visage et mon corps, m'identifier à ceux qui sont venus de loin. Ceux qui en sont revenus. Par miracle, ou par la volonté de Dieu. Je suis enfin des leurs. Niels, je suis enfin des tiens.

Dans la cave, il y a un minuscule cafuron qui donne sur la cour de la ferme et par lequel j'effleure la pâle lueur du jour.

Ce matin, en me contorsionnant, j'ai vu les jambes de maman qui allaient au temple. Par temps froid, lorsque les jambes de maman vont au temple, elles portent des bas noirs. Toujours les mêmes. Des bas qui n'ont pas d'autre fonction que de porter le corps de maman sur les voies du Seigneur.

J'ignore si maman sait que je suis là. J'ignore de quelles exactions mon père m'a accusée pour justifier un tel enfermement.

Cet après-midi, ce que j'ai vu par le cafuron m'a fait vomir l'eau et le pain que mon père me distribue du haut du petit escalier. L'eau passée dans mes boyaux, mes intestins, mes viscères, mon foie, mon estomac. La sanie s'est déversée sur mes cuisses dans une puante odeur de cochon mort.

J'ai pensé à Niels et au camp de Westerbork. Ça m'a donné envie de vomir encore. Je me suis assoupie avec cette image enfoncée dans le crâne. Cette image. Par le cafuron. Les pieds de mon père dans ses bottes de paysan. Accroché à sa main droite, un sac en toile où les chiots gémissaient, se cognant les uns contre les autres. Traîné de sa main gauche, à même le sol gelé, le corps raide de La Maligne. Ricochant sur les pierres.

Je les ai appelés doucement par leur nom. Chacun. L'un après l'autre. Sauvage. Melon. Noiraud. Blanquette. Mais le nom de La Maligne, je n'ai pas pu le formuler.

C'est à ce moment-là que j'ai vomi. J'ai cogné ma tête contre le mur de pierres. Jusqu'à être totalement étourdie. Jusqu'à sentir le goût du sang sur mes lèvres. Si chaud. Si réconfortant.

J'ai songé aux Ogres, à ce goût dont on ne pouvait être qu'insatiable. S'il y avait eu un autre sang à faire couler que le mien, en cet instant, je l'aurais fait couler. Je l'aurais goûté jusqu'à satiété.

À la tombée du jour, la cave a été secouée de terribles détonations. Une lumière violente, zébrée de reflets orangés, pénétrait par le cafuron. Jamais je n'avais assisté à un pareil orage. Il me semblait que je serais la seule rescapée de cette apocalypse, que la terre entière au-dehors allait être engloutie, absorbée dans la gueule de ce monstre enragé.

J'ai attendu blottie au fond de la cave. Les grondements se sont estompés et, la nuit durant, une pluie diluvienne s'est abattue sur le monde. Au petit matin, une odeur de cendre flottait dans l'air. La foudre avait dû accomplir son forfait.

Le rat est revenu. Nous étions au moins deux survivants, cette maigre consolation me réconfortait. Il a nettoyé mes vomissures comme un affamé.

C'est peut-être cette condition d'affamé qui m'a inspiré une certaine commisération à son égard, un sentiment qui s'est très vite mué en une sorte d'affection sincère.

J'ai ressenti le besoin urgent de le baptiser. Moi qui depuis si longtemps n'administrais que des matricules.

Jude, c'est ainsi que je l'ai nommé.

Le nom des Petits Poucets pour les Ogres.

Le nom du saint des causes perdues pour les chrétiens.

Jude.

Mon rat. »

Nina referma précipitamment le cahier. Ses doigts passaient et repassaient sur la couverture rouge. James Nicholson observait son trouble grandissant et, chaque soir, son inquiétude redoublait.

Qu'adviendrait-il si Nina ne venait plus, si elle décidait de s'épargner le tourment engendré par les mots de Louise ?

Alors, James Nicholson ne se contenta pas de signifier un au revoir discret et protocolaire. Il se montra plus loquace qu'à l'ordinaire, s'appliquant à dédouaner Nina de quelque compromission avec l'histoire dont elle se faisait l'écho.

– Nina, il faut que je vous dise… Il faut que je vous dise que vous n'êtes nullement liée à Louise, ni à moi-même, vous êtes libre, Nina, libre et innocente, c'est en moi que demeure la bête, c'est en moi qu'elle a élu domicile, et de cela vous n'êtes pas responsable…

La bête qui grandissait rancuneuse et crâne dans les entrailles de James Nicholson, Nina en avait ressenti la présence ténébreuse, elle en avait mesuré la voracité et elle tentait à présent de s'en persuader, cette bête, elle saurait l'apprivoiser comme elle l'avait fait des chiens de Pierre, elle la ferait ramper à ses pieds, soumise et résipiscence dans l'âme.

– Je vais à la chasse demain… avec Pierre et Antoine… et nous rapporterons la bête… Je vous le promets, nous rapporterons la bête ensanglantée… Et je vous offrirai son cœur chaud, encore battant…

Longtemps, dans la nuit agitée, Nina s'était demandé d'où ces mots lui étaient venus et pourquoi James Nicholson n'en avait pas semblé troublé, pourquoi il lui avait souri avec une confiance ingénue et avait énoncé à son tour cette phrase irréelle et absconse :

– Nina, dites à Pierre et Antoine que la bête sommeille dans mes entrailles, dites-leur qu'elle est aux abois et que je les attends.

Les trois silhouettes se découpent dans la brume. Sur la hanche droite de Pierre, le fusil est cassé. Les fortes pluies de la nuit ont inondé les chemins forestiers. Chaque pas s'englue dans ce bourbier qui colle aux bottes et empèse les talons. Nina rogomme contre cette marche forcée. Antoine sifflote, mains dans les poches, affichant d'emblée son scepticisme quant à l'issue de la traque. Pierre bougonne quelques sons inintelligibles. Il avance courbé sur le chemin, pressant le pas, happé par une secrète fascination. Le soleil est à peine levé. Dans le dédale des ronciers, la rosée du matin piège les toiles d'araignées. Cela fait douze jours qu'il piste le grand mâle au bord de la rivière. Chaque matin à six heures, Pierre est au rendez-vous et, chaque matin, la masse hirsute surgit d'entre les buissons et s'abreuve dans les eaux claires. Sur le bas-côté du talus, une sente à peine distincte pénètre la forêt. Un sanglier, Pierre le sait, Pierre l'aura, un grand mâle, adulte. Antoine demande à Pierre de les attendre. Il est trop tard, Pierre n'est plus des leurs. Sous le couvert des forêts, il s'enfonce tête baissée, respirant à pleins poumons. Les branches basses des sapins lui fouettent le visage, les ronces pénètrent son coutil, incrustant dans sa chair de minuscules éraflures. Tous ses muscles se tendent, les mots affluent dans son cerveau, les mots jaillissent en cascade et c'est Pierre qui les choisit, c'est Pierre qui les écarte, c'est Pierre qui les domine. Chasse. Braconnage. Sanglier. Traquer. Viser. Tirer. Tuer. Nina. Américain. Les mots distincts en ordre de marche dans la bouche de Pierre. Il est lucide. D'une aveuglante lucidité. Il pourrait se retourner, épauler son fusil, viser Nina en plein cœur. Il faut que Nina cesse de geindre, il faut que Nina se taise. Pierre se retourne :

– Ta gueule, Nina, ferme ta gueule !

Antoine serre le bras de Nina. Jamais depuis l'accident, il n'avait entendu une phrase correctement construite dans la bouche de Pierre.

Les brumes se dissipent, le soleil jaillit sous la frondaison, filtrant entre les branches, balayant la terre humide qui se répand en volutes sous la caresse astrale. La terre fume, exhalant un parfum ferreux et minéral, une virilité entêtante qui engrosse souches et buissons. Les eaux de la rivière gonflée par les orages de la nuit clament un bouillonnement furieux. Accroupi derrière un tronc, épaule calée contre l'écorce, Pierre fait signe à Nina et Antoine de se baisser. Commence alors l'interminable attente. Et si le grand mâle aujourd'hui ne venait pas ? La tête de Pierre grouille d'une excitation fiévreuse. Il se sent poreux, pénétré par chaque signe de ce monde végétal, animal, minéral. Son fusil est posé sur la mousse. Le ciel se charge de froissements d'ailes, les pépiements d'oiseaux crépitent à la cime des sapins. Pierre sent la pulsation violente du soleil cogner contre son front. Derrière lui, Antoine et Nina sont figés dans une terreur muette dont ils ignorent si la cause est l'exaltation de Pierre ou l'imminente apparition du grand mâle. Nina ose un chuchotement :

– Tu fais chier, Pierre, c'est trop long !

Sans se retourner, sans un mot, dans un geste infiniment lent, Pierre ferme son fusil, épaule toujours calée contre l'écorce, main droite sujette à un imperceptible tremblement. Les mots flottent dans sa tête – tu / fais / chier / Pierre / c'est / trop / long. Avec une identique lenteur, il fait coulisser le cran de sûreté, puis, sans le moindre bruit, sans autre mouvement qu'une légère oscillation de la hanche, Pierre se retourne.

Il pose son index sur ses lèvres. D'un signe de tête, il indique à Antoine et Nina un fourré à l'extrême droite de leur champ de vision. Le fourré s'anime, une masse sombre et compacte s'en détache. Pierre s'allonge sur le ventre, coudes calés sur la mousse. Lui vient alors l'idée de renoncer. Qu'adviendra-t-il s'il ne fait que blesser le sanglier ? Nina… Antoine… Lui… Qui subira la vengeance du grand mâle ?

– Qu'est-ce que tu fous, Pierre, tire !

Antoine a rampé jusqu'à lui. Pierre lui fait comprendre qu'ils sont trop loin, qu'il faut encore attendre. Mais le gibier s'est rapproché, lentement, suivant la berge, se vautrant dans la bauge avec un air de gros chien inoffensif. Ce n'est pas le grand mâle, c'est une bonne laie, grasse et suitée, de celles qu'on ne tire pas. Pierre pose son fusil, il fait signe à Nina de s'approcher, lève les yeux au ciel lorsqu'elle laisse s'enliser une de ses bottes dans la boue. Il est heureux de pouvoir montrer ce spectacle à Nina, il sait que les marcassins ne vont pas tarder à apparaître.

Le coup de fusil retentit. Antoine est saisi d'un rire nerveux, à la fois fier et surpris de son audace, un exploit, jamais tenu un fusil de sa vie et le voilà chasseur de sanglier. Le flanc droit de la laie pisse le sang. Redressée sur ses pattes, éructant, claquant des dents, elle hume l'odeur de ses agresseurs à grands coups de boutoir affolés. Toute la puissance de sa silhouette se découpe comme une masse indomptée, muée par l'instinct impérieux qui lui dicte de tuer pour ne pas être tuée. Nina patauge, engluée dans le sol mouvant, se débattant tant bien que mal au milieu de cette odeur d'eau croupie. C'est comme si Nina faisait signe à la laie, comme si elle se désignait, s'offrant à l'ire de la femelle en furie. Sur la berge brouie, labourée par le piétinement de la laie, le rouge et l'ocre se mêlent. Un grondement sourd ébranle les forêts, ramassant dans un élan furieux l'immense carcasse qui se déploie en direction de Nina.

Un râle surhumain jaillit de la gorge de Pierre. Le poing serré contre la poitrine, il avance à grandes enjambées sur la trajectoire de la laie.

Lorsque roule son corps contre celui de la laie, lorsque raclent contre sa joue les longs jarres rêches et humides, il n'y a plus que ce ciel basculé, cet horizon chaviré. À quelques mètres de Nina, les deux masses se confondent, se chevauchant tour à tour, unies dans la même fange chaude. Antoine est resté pétrifié, le fusil à la main. Une sueur glaciale lui parcourt le dos, des velléités de fuite l'assaillent, mais il est incapable du moindre mouvement. Nina court jusqu'à lui, le secouant brutalement :

– Tire, Antoine, tire !

Pierre est enlisé dans la bauge où la laie s'acharne. Nina arrache le fusil des mains d'Antoine, elle pose son index sur la deuxième détente. Où est Pierre… Où est la laie… Si près. Indiscernables. Indissociables. Nina ferme les yeux. Le coup retentit.

Dans la rue de la Grande-Fontaine, il apparut suant, couvert de boue, arc-bouté sous le poids de l'animal. Contre ses reins, le cœur de la laie battait encore. Longeant le mur nord du presbytère, il accomplissait le quatrième des douze travaux d'Héraclès. Il rapportait vivant le sanglier d'Érymanthe.

11

LA CHEMISE NÉGLIGEMMENT JETÉE sur le lit étirait ses manches en un mouvement de bras désordonné, la chemise blanche maculée de sang telle que Nina en avait eu la prémonition au premier jour. Elle frappa à la porte de la salle de bains dans un élan d'épouvante écœurée.

– C'est Nina… Tout va bien ?

Cet homme qui poussa la porte de la salle de bains, cet homme affligé dont l'œil droit se figeait en une boursouflure violacée, cet homme si peu affété dont le pantalon pochait aux genoux, cet homme-là pouvait-il être celui que Nina avait vu moins de trois semaines auparavant se délecter d'œufs à la neige dans le restaurant d'un petit village français de Haute-Loire ?

Cet homme qui maugréa : « Rien de grave, Nina, je suis tombé dans l'escalier », cet homme-là pouvait-il être James Nicholson, le petit-fils de Louise Sorlin ?

« Hier mon père m'a parlé. Il a dit que les Ogres étaient partis, que la foudre avait détruit La Châtaigneraie.

J'ai compris qu'il pensait que la main de Dieu s'était abattue sur ce lieu maudit et que ce n'était là que justice.

Puis il a ajouté : "Tu sortiras lorsque tu auras demandé pardon!"

Il m'a observée dévorant le pain et la bouillie de pommes de terre qu'il m'avait descendus. Il a dit, comme une injure : "Je ne sais plus comment tu t'appelles, je ne sais plus qui tu es!" J'ai répondu Louise.

Il est remonté dans l'escalier. En haut, il s'est retourné : "Tu seras Louise quand tu auras demandé pardon."

La trappe s'est rabattue. J'ai entendu ses pas courir dans la cuisine, puis un grand râle.

Je vais l'inscrire en plus gros dans le cahier rouge : Les Ogres, c'est comme les humains, ça peut vomir.

J'ai mal à l'estomac d'avoir mangé si vite.

Jude est arrivé sitôt que le silence fut revenu. Il s'est planté devant moi, a roulé son dos contre mes mollets. Je lui ai tiré les moustaches, pour rire, sans lui faire mal.

Jude et moi sommes devenus amis. J'aurais préféré une petite souris blanche, mais un gros rat ballot, c'est mieux que rien. Je m'en veux de ne rien avoir gardé pour lui, pas même un quignon de pain.

– Tu sais, Jude, mon Ogre de père voudrait que je lui demande pardon!

Il s'arrête, pointe son petit museau vers mon visage.

– Oui, oui, ce n'est pas une blague, vraiment, que je lui demande pardon, alors je redeviendrai sa fille, la fille de l'Ogre!

Il grimpe sur mon épaule, ses moustaches me chatouillent la joue.

– Mais moi, je ne veux pas être la fille d'un Ogre!

Il remue sa tête hirsute, roule contre ma nuque, vient se blottir à la base de mon cou.

Je sens sa chaleur animale. Il pue, mais son odeur m'est devenue familière. Elle est comme un parfum qui me donne des nouvelles du dehors. Et je me dis que, dehors, ça ne doit pas sentir bon.

Dehors… Est-ce que Franz est vraiment parti? Et Niels? Et tous les autres dans la forêt? Sont-ils rentrés dans ce qui leur tient lieu de maison? Avec une soupe bien chaude et une tranche de saucisson. Pour reprendre le cours des choses, renouer avec le cycle de la vie.

Que va-t-on leur dire? Va-t-on leur dire que Niels est parti à leur place? Vont-ils devoir vivre avec ce poids sur leurs maigres épaules?

Si Niels et Franz sont partis, moi je ne sais pas… Je ne sais pas si j'aurai envie de vivre.

Ici, c'est exactement ce qu'il me faut, un lieu de transition, une halte pendant laquelle je peux mesurer mes penchants, savoir ce qui me tient le plus à cœur, la vie ou la mort. Il faut que je me confronte à cette question avec discernement.

– Et toi Jude, gras comme tu es, gras comme un moine, je suis sûre que tu y tiens à la vie, que tu y tiens comme à un morceau de gruyère !

Il ne faut pas que je pense à la saveur des choses, je salive et ça me fait mal à la gorge.

– Tu entends, mon petit Jude, il faut que je sois pragmatique, que j'apprenne à me contenter du peu que je possède. Sans quoi je deviendrai la fille de l'Ogre.

Observer le monde à hauteur de jambes est riche d'enseignements. Aux cernes d'une empreinte dans le sol, on apprend à mesurer la lassitude des visages ou au contraire leur enthousiasme, leur joie de vivre. Les visages, il suffit de les imaginer. Ils sont à la mesure de l'amplitude de la foulée, tout rabougris de tristesse ou rassérénés de bonheur.

Les bêtes aussi, selon qu'elles sont transportées par l'idée d'aller au champ ou qu'elles préfèrent rester confinées dans la tiédeur de l'étable, ça ne creuse pas les mêmes sillons dans la boue de la cour. Certains tracent droit et d'autres semblent hésiter, tergiverser, regretter d'aller là où ils vont.

Par exemple, lorsque maman va au temple, elle est comme une vache par un jour de beau temps. Elle trace sa route, elle sourit forcément. Son pli du genou est souple, sa semelle se lève haut, bien au-dessus du sol, son mollet sous son bas noir se contracte à peine. Elle ne trébuche pas sur les pierres, elle les méprise, elle les ignore, elle est attendue par Dieu. Oui, les jours de prêche, maman est comme une vache qui va à l'herbe grasse.

Lorsque maman va servir à la boulangerie, c'est tout différent. Elle traîne le pas. Ses pieds s'enlisent dans la boue, elle est lourde, elle s'en met plein les chaussures. On dirait qu'elle le fait exprès, se salir les pieds avant d'aller se salir les mains.

À la boulangerie, remplir la besace des Ogres, deux fois par jour, de quoi être bannie du royaume de Dieu. C'est pour ça que maman va au temple. Pour ne pas être bannie du royaume de Dieu.

Mon père, lui, marche toujours d'un pas égal, une foulée régulière, chaque jour, le soir comme le matin. Pour accomplir les basses besognes de la ferme ou pour accompagner sa femme au temple.

Les Ogres aussi marchent toujours d'un pas égal. Repus ou affamés, ils vont d'un pas tranquille.

Rien qui ne permette d'identifier leur vraie nature, ni le degré du mal qu'ils s'apprêtent à commettre ni le sang qu'ils portent sur les mains.

Ça aussi je vais l'écrire en gros dans le cahier rouge : Les Ogres marchent toujours d'un pas égal.

Il faut que le monde sache. Il faut que le monde apprenne à reconnaître les Ogres. Même à visage couvert.

Le plus souvent je suis allongée sur le dos et je regarde à l'envers. Je regarde à l'envers ce monde qui me paraît marcher la tête en bas et je tente ainsi de le remettre à l'endroit.

Depuis combien de temps n'ai-je pas vu un autre visage que celui de mon père? Lorsqu'il vient me nourrir comme il nourrit les bêtes. Quotidiennement. Ni plus. Ni moins.

En réalité, je vois le visage des oiseaux, leur petite tête tout agitée lorsqu'ils picorent les miettes de pain que maman a laissées tomber sur son passage. À force de les observer, j'ai appris que les oiseaux ont un visage. Je crois que Jude aime bien les oiseaux parce que, comme lui, les oiseaux n'aiment pas les chats.

Si tous les rats et tous les oiseaux du monde se liguaient contre les chats, je ne sais pas si la race des félins perdurerait.

Parfois je me prends à rêver que tous les humains se sont ligués avec les Petits Poucets contre les Ogres. »

❧

Les soirées que Nina passait dans la chambre dix-sept, Pierre les occupait dans le bureau d'Emma en compagnie de Virginia Hall. Ce soir, il avait quitté plus tard que d'ordinaire la maison aux volets bleus. Il avait roulé la liasse de pièces jointes qu'Emma lui avait adressée puis s'était enfoncé dans la nuit pour rejoindre la ferme du Grand Roure. À peine avait-il ressenti un léger pincement au cœur à l'idée de la probable présence de Nina dans une chambre du One Toutou. Il s'était lui-même étonné de cette fluctuation constante des émotions qui pouvait, d'un moment à l'autre, lui épargner les affres de la jalousie ou l'y projeter avec une rage inouïe. En cette nuit silencieuse où seule sa silhouette habitait la campagne désertée, la photo de Virginia glissée dans sa poche, lovée contre sa hanche, lui procurait une légèreté bienfaisante qui guidait paisiblement ses pas. Il lui semblait qu'il aurait pu éternellement marcher ainsi, avec cette force neuve, intacte, par-delà le triste monde et les courts horizons, jusqu'à cette terre virginale où l'attendait Virginia Hall. Par une sorte de mimétisme qu'il n'aurait pas su empêcher, cet état de félicité l'inclinait à la mansuétude. Un pardon généreux se répandait sur son être et sur les êtres aimés de lui.

Dans l'étroitesse de sa chambre, il se résolut pour la première fois à l'idée que Nina ne viendrait pas, s'y résolvant sans colère, s'y résolvant même avec un vaste sentiment de liberté. Alors, calmement, il parcourut les notes d'Emma.

Mon petit Pierre,

Je suis entrée pour la première fois dans les méandres de l'histoire américaine. J'ai rencontré un type formidable qui devrait bien me faciliter la tâche. Il s'appelle Norman Weller. Il travaille à la NARA, la National Archives and Records Administration à College Park, dans le Maryland. Je suis restée toute la journée au deuxième étage du bâtiment dans une grande salle vitrée au milieu de boîtes grises, classées sur des étagères à perte de vue. Regarde bien cette photo de Virginia… Elle vient d'une petite brochure éditée par la CIA, elle date de septembre 1945, le jour où Virginia a été décorée par le général Donovan, chef de l'OSS. Demain, direction le Musée international de l'espionnage. On m'a dit que je trouverais là-bas quelques objets ayant appartenu à Virginia. Il y aurait même sa valise radio… Si avec tout ça je n'écris pas un livre, c'est que je n'en écrirai jamais !

Prends soin de toi. Et de mes chats. Et n'oublie pas le poisson rouge.

Lorsque je serai une romancière célèbre, je t'emmènerai à Washington.

Emma

Paris automne 1926
La France se grise, c'est l'euphorie des Années folles, jazz, charleston, Art déco… C'est l'engouement aux Folies-Bergère, avec Joséphine Baker et sa Revue nègre. Virginia entre à la section diplomatique de l'école libre des sciences politiques, rue Saint-Guillaume. Les étudiants de la Sorbonne débattent ardemment aux terrasses de Saint-Germain. On s'intéresse à tout, on polémique, on décortique les clauses du traité de Versailles et on s'interroge déjà sur cette paix qui semble porter en elle les fruits de la rancune.

Turquie 1933
Virginia occupe un poste de secrétaire au consulat américain d'Izmir. Elle est blessée lors d'une partie de chasse avec des amis, le pied est déchiqueté par la balle, la plaie s'infecte et c'est l'amputation. Le courrier de l'administration aux parents de Virginia tombe comme un couperet. Elle ne pourra pas être diplomate. C'est écrit en toutes lettres : « L'amputation d'une quelconque partie d'un membre interdit toute carrière diplomatique. »

Le téléphone retentit dans l'entrée. Machinalement, Pierre enfouit la liasse de papiers sous son oreiller. Dans le combiné, une voix de femme.

Il articule :

– Virginia ? Virginia ?

Une voix de femme, la voix de sa mère.

– Viens… Pierrot… Viens…

Pierre doit contourner l'enceinte de la ferme. Il court de toutes ses forces, mais ses jambes s'amollissent comme du beurre tiède. Viens, Pierrot, viens. Il ne ressent plus que cet essaim de mots qui bourdonne, cette ruche sirupeuse qui le renvoie au miel de ses propres mots, ceux qu'il distillait à l'oreille de sa mère, autrefois, lorsqu'il était Pierre. Il court la tête enfoncée dans les épaules, la tête défoncée. Il court de cette foulée erratique avec de grands gestes de bras affolés qu'Alice Rivolier avait un jour qualifiée de la sorte : « Pierrot, cesse donc de t'agiter comme un diabétique dans une pâtisserie à la saison du Paris-Brest ! »

Au Grand Roure, la cuisine et la chambre des jumeaux sont allumées, les volets grands ouverts, la porte d'entrée fermée à clef.

Pierre frappe violemment, s'impatiente, brise un carreau de la fenêtre du salon, fait basculer la poignée. Il bondit dans la pénombre. Un souffle rauque vient de la cheminée. Pierre actionne l'interrupteur. Le père des jumeaux est prostré devant l'âtre, mains couvrant son visage, souffle en saccades. Il porte un caleçon et un tee-shirt. Sur le côté droit, juste au-dessus de la poitrine, des taches maculent le tissu sous la lumière crue de l'halogène. Pierre le secoue :

– Eh… oh… eh…

Le père relève la tête brutalement. Pierre voit ses yeux emplis d'effroi, sa bouche entrebâillée qui cherche de l'air comme celle d'un naufragé. Puis, le souffle peu à peu s'apaise, la respiration se fait plus calme, presque normale.

– Je l'ai tuée, Pierrot, je l'ai tuée!

Pierre fixe le père, regarde l'escalier qui monte à l'étage. Puis le père. Puis l'escalier. Il gravit les marches deux à deux. Les pleurs des jumeaux sont de petites plaintes feutrées que couvre un bruit aigu de tambourin. Pierre pousse la porte. Jeanne, assise sur le lit, se balance d'avant en arrière avec de brusques mouvements de tête. Louis, collé dans son dos, lui caresse les cheveux. De sa main libre, il agite un tambourin. Il se jette sur Pierre :

– Maman! Maman!

– Où…?

Louis pousse Pierre dans le couloir jusqu'à la porte de la chambre. Sur le tapis, au pied du lit, gît le corps de la mère. Elle est couchée sur le côté, jambe droite fléchie, cheveux en bataille, bras désarticulés. Pierre la fait lentement pivoter sur le dos. La bouche dégage une forte odeur d'alcool, les lèvres sont tuméfiées, l'arcade sourcilière ensanglantée. Pierre pose ses doigts de part et d'autre de la glotte. Il sent battre le pouls. Dévalant l'escalier, il se précipite dans l'entrée. Le combiné pend au bout du fil entortillé, le portemanteau est renversé, les vêtements éparpillés, la photo de la mère du père repose au milieu du néant, les éclats de verre du cadre doré jonchent le sol. Pierre saisit le père par le bras, l'entraîne jusqu'à l'entrée, compose le numéro du Dr Valour :

– Il faut venir… C'est ma femme… Il faut venir…

Pierre attendit l'arrivée des secours, assis sur le tapis, la tête de la mère délicatement posée sur ses cuisses, caressant du plat de la main la chevelure souillée.

Le Dr Valour ne posa aucune question, la mère avait recouvré ses esprits, les blessures étaient superficielles, mais elle avait dû beaucoup boire. Pierre et les jumeaux lavèrent le visage de la mère. Jeanne demanda si, cette nuit, on pouvait laisser la lumière dans la chambre.

Pierre redescendit dans le salon, posa la photo de Virginia sur la table, se servit une bière. Le père fit les cent pas dans la pièce puis il déclara :

– Pierrot… Elle est rentrée plus tard que d'habitude, plus ivre que d'habitude, j'ai voulu l'aider, Pierrot, j'ai seulement voulu l'aider… Si elle ne m'avait pas jeté ce cadre à la figure… La photo de ma mère, Pierrot ! La photo de ma mère !

Quelques heures plus tard, Pierre est remonté dans la chambre où le père s'était assoupi contre le corps endolori de la mère. Pierre n'a pas allumé la lumière. Il a écarté la main de l'homme posée sur la nuque de la femme, la main qui frappe et la main qui caresse, la même main. Il a porté la mère dans ses bras vigoureux, traversé le couloir, pénétré dans la petite chambre du fond, la chambre condamnée avec ses grands tissus blancs et la poussière par-dessus les tissus. Une chambre à remonter le temps. La chambre quelconque d'un enfant de huit ans.

Ainsi nous nous sommes endormis. Lovés tous trois au creux de la nuit profonde. La mère. Virginia. Et moi.

Tel Barbe-Bleue.

Nul ne verra
Que le soleil qui poudroie et l'herbe qui verdoie.

12

« SAIS-TU À QUOI JE PENSE, mon petit Jude ? Non, tu ne sais pas… Eh bien je pense aux poules à qui l'on a coupé la tête et qui courent encore. Crois-tu que les Petits Poucets courent encore ? Et Niels, crois-tu qu'il court encore ?

Cesse de te frotter contre moi, tu pues ! Tu pues tellement que, même totalement affamée, il ne me viendrait pas à l'idée de te dépecer ! Mais non ne t'en va pas, je plaisante ! Viens contre moi, viens et viens encore !

On se comprend toi et moi, on habite le même royaume, les mêmes entrailles de la terre, et ce n'est pas si terrible.

On ne se débrouille pas si mal, hein Jude ? Viens que je t'embrasse et ne me dis pas que moi aussi je pue !

Ton royaume va finir par me plaire, tu verras. Ton royaume souterrain qui sera notre demeure à tous, le lieu de notre repos éternel !

Mon Dieu, comme j'ai envie de vomir et comme je voudrais que cette nausée me laisse un peu de répit, comme je voudrais retrouver un peu de lucidité et décider avec clairvoyance de ce qu'il convient de faire.

Ce médaillon que mon père m'a arraché, la vie serait si douce si je le serrais contre moi.

Non, Jude, ne sois pas jaloux, nous pourrions faire chambre commune, le médaillon, toi et moi, j'en suis persuadée. Oh, comme je voudrais baiser ce médaillon et sentir la présence de Franz. Quoi ? Tu veux bien du médaillon, mais tu ne veux pas de Franz ! Tu es d'une nature possessive, mon pauvre petit rat ! Tu abuses de tes privilèges ! Allez, fiche le camp, dis-toi qu'il y a un morceau de gruyère dans ce médaillon et ramène-le-moi ! Oh oui Jude chéri, ramène-moi ce médaillon, et je te promets que plus jamais je n'aurai de paroles malveillantes à ton égard.

Comment ça tu n'y crois pas ! Vous êtes de grands sceptiques, vous les rats ! Vous ne croyez qu'en ce que vous voyez ! Eh bien dis-toi que ce médaillon est mon morceau de gruyère ! Alors là, ça te la coupe, hein !

Es-tu capable de faire quelque chose pour moi, quelque chose qui remplirait mon cœur plutôt que ton estomac ! Non, il est inutile de tourner en rond de la sorte, de faire celui qui ne comprend pas, tu es incapable d'altruisme, un point c'est tout !

Arrête, je te dis ! Arrête tes minauderies ! Tes poils me chatouillent la joue et je n'ai pas envie de rire. Arrête, je te dis !

Écoute mon père qui ouvre la trappe. C'est peut-être l'heure du repas. Non, ne frétille pas comme ça, je ne te laisserai rien puisque tu es un traître. Mon estomac crie famine et surtout ne compte pas plus sur sa commisération que je ne puis compter sur la tienne.

Eh bien non, tu vois, ce n'est pas même l'heure du repas, seulement celle de vider le pot de mes excréments. Comment mon père peut-il accomplir cette tâche sans dégoût ? Il faut vraiment qu'il ne doute pas que je sois sa fille.

J'ai connu des femmes alitées aux dernières semaines de leur grossesse, qui reposaient avec un pot de chambre au pied de leur lit, et elles n'en avaient pas honte. Ces femmes, mon pauvre Jude, étaient habitées et rien ne pouvait entacher leur bonheur imminent.

Par quoi es-tu habité, toi, mon petit Jude, par quoi ? Et moi, dis, par quoi suis-je habitée ? Non, tu fais fausse route ! Comment ça tu me trouves engourdie ! Et toute cette nausée et tous ces vomissements !

Non, vraiment, tu fabules. Il nous faut rester les pieds sur terre et ne point nous laisser aller à des diversions improbables. D'ailleurs, serait-ce une réjouissance ? Que ferais-je d'un enfant de Franz ? Un petit Ogre !

Il est vrai qu'en passant ma main sur mes seins, je dois admettre que tu as raison, je ne peux en rien nier cette toute nouvelle pesanteur. Mais mon ventre, non, Jude, regarde mon ventre ! De toute évidence, ce n'est pas un ventre habité !

J'ignore à quoi tiennent ces moments d'euphorie qui me submergent brutalement et où la compagnie d'un rat suffit à me mettre du baume au cœur. Puis soudain, je me mets à hurler. Je grimpe l'escalier. Tape des poings contre la trappe. J'enrage. Je veux sortir de là.

Je veux cligner des yeux sous la lumière vive de cet hiver qui s'éternise. Je veux laisser la neige se perdre dans mes cheveux, s'agréger sur mes cils. Je veux toucher le givre sur les branches endormies. Je veux de la tendresse et de l'amour. Je veux en recevoir et en donner.

Depuis que j'ai rompu le silence obstiné des premiers jours, maman ne peut plus ignorer ma présence dans la cave. Les disputes fusent au-dessus de ma tête et je sais que mon enfermement est l'objet de ces discordes.

Qu'attends-tu, maman, pour me donner de la tendresse et de l'amour ? Les humains comme les Ogres, maman ? Les humains comme les Ogres ? Et où irons-nous alors, Jude et moi, lorsque nous sortirons de là ? »

C'était une idée de Nina, un pique-nique au bord de la rivière. Pierre pensa qu'elle avait sans doute un aveu à lui faire. Il faudrait bien que le jour vienne où elle lui annoncerait la rupture, le jour où elle lui révélerait son amour pour l'Américain.

Je la serrerai dans mes bras. Les mots ne me trahiront pas. Je lui dirai : « Sois heureuse. » Je le répéterai contre son cou contre sa bouche : « Sois heureuse. » Nous nous allongerons sur l'herbe. Un parfum de menthe viendra fleurer contre nos visages. Un milan traversera le ciel. Sur son passage la nuit recouvrira le jour. Les étoiles palpiteront dans ce ciel sans fin. Un croissant de lune illuminera nos corps dont les reflets seront emportés dans les eaux de la rivière. Serrés l'un contre l'autre les corps à l'unisson nous serons submergés par les eaux. Engloutis. Ballottés jusqu'à l'océan où Nina se muera en sirène et moi en monstre marin. Puis un jour viendra un magnifique navire toutes voiles dehors arborant à sa poupe le drapeau étoilé de l'Amérique. La sirène sera alors réincarnée en princesse et le monstre marin achevé au bout d'un harpon.

Nina est en avance. Elle est assise sur la berge. Elle porte une robe rayée. Ses cheveux sont noués en une longue natte brune enroulée sur elle-même. Sa nuque ainsi dévoilée est offerte au soleil. Pierre court à ses côtés, s'agenouille, saisit la belle nuque promptement. Nina rit aux éclats :

– Arrête, Pierrot, arrête…

Il la presse contre lui, mordillant la natte d'ébène sous le soleil éclatant qui lui fait cligner les paupières. Il la serre, il l'enserre. La bouche dans ses cheveux, il répète :

– Sois heureuse, sois heureuse.

Couché dans les fougères, visage tourné vers le bleu du ciel, Pierre observe les nuages qui moutonnent vers l'ouest pour former peu à peu un véritable troupeau dévalant dans l'azur. Sur sa peau courent les frissons d'après l'amour, un chatouillement dans tout le corps, un instant de plénitude tout entier ancré dans l'image de Nina, belle et lumineuse comme une matinée de printemps.

De l'autre côté de la rive percent de petits cris aigus. Pierre se redresse, il jette son tee-shirt sur son épaule, traverse la rivière en sautant sur les pierres. Les cris se font plus perçants. Pierre fouille les buissons. L'oiseau est là. L'aile gauche se débat comme une longue faux affûtée, la droite reste repliée. Un filet rougeâtre coagule sur le gris ardoise de la queue. La pupille roule dans l'orbite, les cris redoublent d'intensité. Pierre s'accroupit, des sons brefs éclosent sur ses lèvres : Eh… eh… oh… eh… eh…

Pierre est allongé sur le ventre, les sons dansent sur sa bouche, ses yeux sont dans les yeux de l'oiseau. Il s'approche, faisant imperceptiblement glisser son corps vers celui du faucon dont les cris ont cessé. Au contact de sa main, les plumes enflent, le bec donne quelques claquements secs, puis, peu à peu, l'oiseau se calme.

Les champs parsemés des rouleaux de la dernière fenaison s'étendent à perte de vue. Rejoignant la ferme, le faucon serré contre son torse, Pierre frôle les jeunes pousses des arbres, respirant à pleines narines les senteurs des digitales pourpres, enivré par une étrange langueur, rêveur et habité.

Lorsqu'il arrive au Grand Roure, le soleil bascule derrière l'horizon. Il traverse la cour, contourne l'étable jusqu'à l'ancienne cabane de jardin. Les cinq mètres carrés du cabanon suffiront à la convalescence du faucon, un crécerelle à peine mature comme ceux que Pierre observe souvent dans le ciel, battant des ailes dans le vol immobile du Saint-Esprit. L'installation, bien que sommaire, remplit bientôt son office. Un nid de paille et de crins, deux manches de pioches en guise de perchoir, l'écuelle des chiens comme abreuvoir. Demain, Pierre se procurera de quoi nourrir le faucon, il pansera la plaie sur son aile blessée, puis il l'apprivoisera. Il trouvera les sons et peut-être même les mots de ce dialecte hybride qui lie parfois les êtres de nature différente. Recroquevillé sur la paille, le poing serré contre la boule de plumes dont la chaleur irradie une douceur bienfaisante, Pierre tient la photo de Virginia en bonne place contre son cœur.

Tout là-haut dans l'encadrement de la petite fenêtre je vois la constellation de la Grande Ourse qui dévore les anges. Ce soir si le paradis existe c'est sur terre.

Trois heures plus tard, sur le palier du Grand Roure, le croque-mort tenait tête au père. Il était ivre, aussi ivre que la femme qu'il reconduisait au domicile conjugal. Le père avait longtemps guetté, redoutant que la nuit ne passe sans le retour de la mère. L'Autre la tenait par la taille, soutenant sa tête sur sa puissante épaule. C'était lui, l'Autre, qui avait ouvert les hostilités :

– T'inquiète pas vieux… j'y ai pas touché. Elle est trop bourrée pour que… j'te la ramène… Tu vois comme je suis bonnard, j'te la ramène tout entière… Y manque rien… Va la coucher vieux… C'est ce qu'il y a de mieux à faire, va la coucher…

Le père n'avait pas cherché une réponse appropriée, il lui avait administré une droite en pleine figure. Le croque-mort mesurait bien deux têtes de plus que le père et il était dans la force de l'âge, un colosse. Laissant la mère affalée sur les marches, il avait riposté. La rixe s'était poursuivie au milieu de la cour, les corps avaient roulé, les poings avaient frappé, atteignant rarement leur cible pour le père, frappant dans le mille pour l'Autre qui riait de ce combat inégal dont il savait qu'il sortirait vainqueur. Alerté par les cris, le faucon sur l'épaule, Pierre était sorti du cabanon. Il avait rejoint le père, son père, le seul que Pierre ait jamais eu, ce père malmené qui défaillait sous les coups.

Ce qui se déploya alors dans le corps de Pierre ne fut pas chose humaine, aucun délibéré n'en déclencha la foudre. Ses poings ne furent plus ses poings. Le croque-mort roula contre le mur du puits, le crâne fracassé et les côtes en bouillie.

Le faucon avait crié sur l'épaule de Pierre, il n'avait pas cherché à fuir. Il était demeuré avec Pierre, effigie naissante de sa force et de son invincibilité.

Le lendemain après-midi, clouée sur l'entrée du cabanon, la dépouille du faucon avec, écrit en lettres de sang, « OISEAU DE MALHEUR ».

Cette dépouille, le croque-mort ne l'avait pas enterrée.

Pierre s'agenouilla, frappant du poing contre la porte puis, frappant de la tête, jusqu'à ce que son sang fût mêlé à celui du crécerelle.

13

« MAIS QUE FONT-ILS LÀ-HAUT ? Quel est ce vacarme ? C'est bien la voix de mon père, mais celle de la femme n'est pas celle de maman. Non, c'est une voix bien moins douce, une voix qui ne transige pas, qui sait ce qu'elle veut. Et cette voix, je la distingue clairement à présent, cette voix veut descendre dans la cave. Cache-toi, Jude, c'est peut-être après toi qu'ils en ont. Cache-toi, je te dis !

La femme précède mon père dans l'escalier. Je serre Jude contre moi. Je sens son cœur s'accélérer sous ma main. La femme demande à mon père de partir. Il obtempère et disparaît de l'autre côté de la trappe.

Nous sommes seuls, Jude, la femme et moi. Sur les dernières marches de l'escalier, je remarque la raideur de sa jambe. Elle ne me sourit pas, mais il y a de la douceur dans ses yeux. Une douceur d'humain habité.

Elle s'assied à quelques mètres de moi, à même la terre. Elle ne dit rien, elle me regarde avec cette douceur dans les yeux.

Jude couine sous la pression de mes doigts. Je lui en veux de trahir ainsi sa présence. La femme regarde d'un air amusé le petit museau de Jude pointé sous mon coude.

– Comment s'appelle-t-il, votre rat ?

J'ignore si je dois répondre et surtout si je dois révéler le vrai nom de Jude. Peut-être ont-ils décidé de répertorier toute âme qui vive dont le nom aurait une consonance malheureuse. Et peut-être qu'à cause de ce nom dont je l'ai affublé, Jude, ô mon Dieu à cause de ce nom…

– Vous ne lui avez pas donné de nom ! C'est bien dommage !

Ce qui est dommage est que cette femme soit là, qu'elle ne me laisse pas vivre en paix une vie de rat avec mon compagnon le rat.

Ce qui est dommage est qu'elle ne fiche pas le camp, qu'elle ne retourne pas là d'où elle vient et où je ne veux pas aller.

Où Jude non plus, je le sais, ne veut pas aller.

– Nous allons sortir, Louise… Vous allez venir avec moi et tout ira bien…

Elle ignore le nom de mon rat, mais elle connaît le mien. Comment se peut-il qu'elle connaisse mon nom ? Qu'a fait mon Ogre de père ?

Jude s'agite sous ma main. Ô mon pauvre petit rat, tu as envie de fuir, tu peux encore te faufiler entre les mailles et recouvrer ta liberté. Toi, tu peux encore. Va, mon petit Jude, va et ne regrette rien. Tu ne peux rien pour moi. Nous ne pouvons rien les uns pour les autres. Et c'est là notre plus grand malheur.

– Louise, vous me direz quand vous serez prête à sortir ? Je vais attendre là et vous me direz…

Jude refuse de s'écarter. Il arpente mes épaules, glisse contre ma nuque, court le long de mes bras. Je voudrais tant qu'il s'enfuie, je voudrais tant qu'il sauve sa jolie peau de rat.

Je le repousse, mais plus je le repousse, plus il s'acharne à me coller comme une sangsue. Qu'est-ce qu'un rat peut envisager de plus délectable qu'un morceau de gruyère ?

Je le lui répète : "Va-t'en Jude, sinon plus jamais de morceaux de gruyère…" Mais rien n'y fait. C'est comme si l'estomac de Jude était déjà mort.

Il faut que je gagne du temps, le temps nécessaire pour atteindre la conscience d'un rat.

– Et vous, comment vous appelez-vous ? Vous qui croyez connaître mon nom…

Sur les lèvres de la femme se dessine un rire franc qui résonne dans la cave.

– Comment je m'appelle ?… Je m'appelle Diane, Cuthbert, Camille, *Limping Lady*, Marcelle Montagne, Marie, La Madone, Philomène… Je m'appelle de la façon dont il faut s'appeler selon les circonstances… Mais je vais vous dire une chose que je n'ai jamais dite à quiconque ici… Je m'appelle Virginia Hall et je vais vous sortir de là !

Il y avait une telle détermination dans sa voix, une telle humanité et une telle colère à la fois, une colère qui n'était d'ailleurs que le corollaire de cette humanité, qu'il advint un miracle qui ne s'était pas accompli depuis que je demeurais dans la cave. Les larmes jaillirent de mes yeux et, portant mon rat lové sur mon épaule, je m'accrochai au cou de cette femme dont le nom résonnait comme une délivrance. Virginia Hall.

Maman était assise à la table de la cuisine.

Maman si maigre.

Maman qui était allée chercher cette femme et l'avait suppliée de me délivrer.

Maman qui avait trouvé une femme au si joli nom.

Maman, je l'ai embrassée longuement, à lui faire mal de cet amour sincère et sans grief qui débordait de mes bras, de mes lèvres.

Maman balbutiant que non… non… on n'avait pas retrouvé les enfants dans la forêt et Niels… Non, Niels n'était pas là et on ne savait pas… et on commençait à penser qu'on ne saurait jamais…

Maman serrant le pull-over gris que Niels avait oublié à la maison, enfouissant son visage dans la laine, humant toute l'odeur de Niels, si présente et si lointaine désormais. Comme une absence qu'elle ne pourrait me pardonner puisque c'était de moi et de moi seule que le malheur était venu. Ce malheur s'appelait Franz et je porterai à jamais cette souillure sur ma peau.

Mon père avait raison. Je n'étais plus leur fille, je ne m'appelais plus Louise, j'étais ce par quoi Niels allait souffrir. Et je ne pouvais pas lui dire, à cette mère martyre qui avait besoin de tout son lot de souffrances pour expier ma propre faute, que jamais je n'avais souhaité la mort de Niels. Je ne pouvais pas lui dire que Franz n'avait pas commis un tel crime, qu'il en était incapable, même si rien ne m'en apportait la preuve irréfutable.

Mais de cela je ne pouvais douter. Car le jour où ce doute s'immiscerait, je perdrais le goût des autres. Et le goût de la vie. »

Nina rangea le cahier rouge dans le tiroir de la table de nuit.

– Je ne pourrai pas venir demain, c'est l'anniversaire de la mort de Jacques, le petit frère d'Antoine, on a rendez-vous au bar du One Toutou avec Antoine et Pierre…

À vrai dire, ce que Nina ressentait s'apparentait davantage à une forme de soulagement. Cette commémoration lui permettrait d'échapper à la touffeur de la chambre dix-sept, de reporter ne serait-ce que d'un soir le piège qui se resserrait entre les lignes. Il lui sembla que quelque chose en son for intérieur remerciait Jacques d'être mort et lui dictait que cette mort-là était plus légère, plus facile à porter que celle de dix-huit Petits Poucets.

Jacques avait rencontré Pauline au bal annuel du village. Il avait dix-sept ans, elle était de cinq ans son aînée. Le mois d'août charriait ses vagues de touristes aux effluves de crème solaire. Le camping était bondé, les hanches louvoyaient sous les étoffes, les jupes étaient courtes, les muscles roulaient à l'air libre. La musique n'était pas celle des boîtes de nuit, on y jouait sur de faux accords des rythmes doucereux qui rappelaient aux plus vieux qu'ils avaient cru en l'amour et qui confondaient les plus jeunes dans l'absolue nécessité d'y croire un jour. Et ce jour était forcément ce soir-là, ce soir si clair qui tissait dans un ciel immense une myriade d'étoiles filantes. On les voyait fuser puis venir s'agréger à la lune. C'était comme ces images dans les livres de sciences naturelles, un bataillon de spermatozoïdes qui courait à l'ovule, comme on court à sa perte. Ce spectacle fascinait les couples d'adolescents crédules. Le monde était en apesanteur et il n'aspirait qu'à y demeurer.

Antoine avait présenté Pauline à son frère : « Cet attardé de puceau qui a tout à apprendre ! » Pauline avait souri, avec sa grande bouche en offrande, elle avait demandé gentiment : « Puceau… C'est vrai ? » Jacques n'avait pas répondu. Il s'était détourné et avait allumé une cigarette. Ils avaient échangé quelques propos insignifiants, la canicule estivale, les caravanes entassées au camping. Puis était venu le quart d'heure américain, Pauline avait invité Jacques à danser et il n'avait pas osé refuser. Ils s'étaient enlacés, les lèvres de Pauline lui avaient volé un premier baiser. En quelques jours, Jacques était asservi à cette peau tiède et ambrée qu'il collait à la sienne. Il échafaudait des plans improbables qui les réuniraient plus tard, après les vacances. L'idée de l'éloignement lui était insoutenable. Elle riait, se moquant tendrement de cet amour démesuré. Alors il s'allongeait sur elle, enserrant les fines attaches de ses poignets entre ses mains. Il chuchotait : Jacques a dit embrasse-moi et elle l'embrassait, Jacques a dit déshabille-moi et elle le déshabillait, Jacques a dit aime-moi et elle jurait qu'elle l'aimait.

La veille de son départ, Jacques avait invité Pauline au restaurant. Il s'était assis à la table retenue un peu à l'écart. Il avait posé sur la nappe le petit bouquet d'au revoir. À la radio passait un vieux tube des années soixante. J'ai pensé qu'il valait mieux / nous quitter sans un adieu / mais je sens que maintenant tout est fini / et j'entends siffler le train / et j'entends siffler le train / j'entendrai siffler ce train toute ma vie.

Toute la soirée, il l'avait attendue. Toute la nuit, il l'avait cherchée comme un chien qui a perdu son maître, flairant, gémissant, grognant. À trois heures du matin, Pauline avançait, titubant sur le trottoir. Un homme lui soutenait la taille. Il l'arrêtait parfois brutalement, plongeant sa langue dans sa bouche en saisissant ses seins. De l'autre côté de la rue, Jacques avait hurlé son nom :

– Pauline ! Pauline !

Elle s'était retournée.

– Tire-toi, Jacques, tire-toi !

Jacques s'était tiré.

Une balle dans la tête.

14

TREMBLANTE PARMI LES MEUBLES anonymes de la chambre dix-sept, Nina se tient droite au milieu de la pièce, bras croisés, écoutant dans ses veines la résonance des mots qu'elle n'ose pas prononcer : C'est fini, je ne viendrai plus, c'est fini, trouvez quelqu'un d'autre, moi je veux vivre, je suis jeune et j'ai la vie devant moi, je ne veux pas porter le deuil de dix-huit enfants parce que vous le savez, James Nicholson, vous le savez depuis le début, vous l'avez toujours su, on a sauvé ici des milliers de Petits Poucets, mais ces dix-huit-là, on ne les a pas sauvés, ces dix-huit-là, même si les Ogres ne les ont pas dévorés, on ne les a pas retrouvés, pourquoi le cahier rouge ne raconte-t-il pas une de ces belles histoires qui se sont passées ici dans La Montagne, il y en a eu tant de belles histoires ici dans La Montagne, tant de belles histoires…

– Vous êtes très belle ce soir.

La voix de James Nicholson s'est élevée dans la chambre, assurée comme au premier jour. Jamais il n'avait adressé le moindre compliment à Nina. Qu'il s'empare des mots qui sortaient de sa bouche, il n'y avait sur ce point aucun doute, mais qu'il prenne pleine conscience de sa présence et de sa féminité, cela ne s'était jamais avéré auparavant. James Nicholson avait raison, Nina était belle ce soir-là, contrite par l'annonce qu'elle avait à faire, parée d'une sensualité nouvelle, plus vaste, plus prégnante.

Vous êtes très belle ce soir.

Les bras de Nina se dénouèrent et ils entourèrent le cou de James Nicholson. Elle se retrouva blottie contre le torse chaud et elle sentit le mouvement de ce cœur étranger auquel elle était si intimement liée qu'il lui sembla entendre ses propres pulsations. La main de James Nicholson effleura son dos pendant que l'autre main parcourait les longs cheveux d'ébène.

Nina s'écarta doucement, sans que les mains de l'Américain tentent de la posséder davantage, car déjà elle était toute à lui, soumise à son diktat, heureuse et mortifiée de l'être, et bientôt elle tournait les pages du cahier rouge pour reprendre là où Louise les avait laissées.

> « Nous vivons dans la ferme du Riou. Je ne saurais dire depuis combien de temps nous y vivons. Plusieurs semaines. Un mois peut-être. Nous… c'est Jude, Virginia et moi. Notre petit trio s'entend à merveille.
>
> Maman passe me voir chaque dimanche après s'être rendue au temple. Nous ne parlons pas de la colère de papa. Nous ne parlons pas non plus de Niels et des enfants. D'ailleurs, nous n'abordons que des banalités,

le temps qu'il fait, la nourriture, le cuir pour les chaussures…

Maman observe mon rat avec une mine de dégoût qui lui fait détourner le regard lorsqu'il frotte sa petite truffe contre ma joue. Moi ça me fait rire.

Tout ici est en retard.

C'est un début de juin qui ressemble à un mois d'avril et les mois d'avril dans La Montagne n'ont rien de printanier. Les bourgeons éclosent à peine, les oiseaux ne piaillent pas encore au sommet des sapins. C'est comme si la nature elle-même était prise d'une forme de lassitude, comme si la course des saisons faisait une pause. On prie en silence pour que les choses s'accélèrent, que la vie du dehors imprègne à nouveau l'intérieur de nos âmes de son cycle incessant.

Je passe le plus clair de mes journées dans la forêt. Je fais de longues marches jusqu'à sentir mes mollets ankylosés. Et je rentre chaque soir fourbue de ces errances.

Souvent j'appelle les enfants. Souvent je cherche une trace de leur présence. Souvent je crois entrevoir la silhouette de Niels.

Tout ici est en retard. La paix aussi est en retard.

Je dors et je mange à la ferme du Riou, mais le reste du temps, lorsque je n'arpente pas la forêt, j'aide dans les pensions pour les petites choses quotidiennes.

Virginia prétend qu'il est dangereux pour moi de vivre à ses côtés. D'ailleurs, elle ne veut pas que je l'appelle Virginia. Ici, elle est Marcelle Montagne, un nom de prédilection. Et cette Mme Montagne est censée travailler comme assistante au Secours national. Mme Montagne pour les gens du village. Diane ou La Madone pour ceux qui lui rendent des visites clandestines. Je ne dois rien dire d'autre. Ne rien savoir d'autre.

Toute la journée et la nuit parfois, elle passe des messages radio et en reçoit. Avant-hier, trois hommes en civil sont arrivés. Ils ont discuté ardemment jusqu'au petit matin. J'ai envoyé Jude traîner dans leurs pattes pour glaner quelques informations. Il est revenu tout agité, mais bien incapable de satisfaire ma curiosité.

J'ai parlé de Franz à Virginia.

Hier soir, un des hommes en civil a apporté une bouteille de vin. Nous l'avons bue tous les trois dans la grange du Riou, là où est cachée la radio de Virginia.

L'homme nous a photographiées, elle et moi, assises sur une botte de foin avec la bouteille devant nous. Nous avons tellement ri qu'il a fallu refaire plusieurs fois la photo. Je crois que Virginia, pas plus que moi, n'a l'habitude de boire du vin.

Je leur ai demandé s'ils allaient tuer les Ogres. L'homme a froncé les sourcils : “J'espère bien qu'on les tuera tous !” Je leur ai fait promettre d'épargner chacun de ceux qui se nommeraient Franz. La main sur le cœur, ils ont juré de ramener vivants tous les Franz de la tribu des Ogres.

C'est ce soir-là que mes nausées sont revenues. Plus pressantes encore que dans la cave.

Depuis combien de temps le sang ne s'est pas écoulé de mon corps ? Depuis mon enfermement et avant cela, juste avant cela, depuis avant Franz contre et en moi. Ô mon Dieu, comme cela me fait mal. Franz contre et en moi.

À quoi bon me remémorer ce que fut Franz et attester telle vérité plutôt qu'une autre. Le résultat est le même. Que mon ventre ait été arrondi dans la douceur ou dans la douleur n'y changera rien. Je porte l'enfant de Franz.

Tout s'est accéléré au cours du mois de juin. Les saisons et la guerre, l'éclosion des bourgeons et la fureur des hommes.

On parlait d'un débarquement sur les plages normandes qui avait semé la panique chez les Ogres. L'air fut alors plein de récits de massacres.

À l'ouest, vers le Puy, se trouvaient les Ogres qu'on nommait les tatares et qui terrorisaient les civils. À l'est, en direction de Saint-Agrève, les troupes remontaient la vallée du Rhône accompagnées de la Milice.

À la ferme du Riou aussi, tout s'agitait.

Des hommes défilaient pour une mission dont je parvins enfin à saisir le nom secret sur les lèvres de Virginia, "mission Heckler".

Me voilà bien avancée… Avec mes seins lourds, mon ventre rond, mes nausées, mon rat et mon petit Ogre dans l'utérus.

Mission Heckler. »

On ne se presse plus aux funérailles, les cortèges sont clairsemés. Il y a comme une lassitude, comme si l'on se réservait pour celles à venir. Aujourd'hui, on enterre Petite Mère. Pierre est là, le cœur chaviré par cette disparition brutale. D'aucuns prétendront que le cerveau de Petite Mère était fort dérangé, que Dieu l'a ainsi délivrée des démons qui en avaient pris possession, mais Pierre sait que la vieille Marie avait toute sa raison. Elle fouinait, Petite Mère, elle cherchait encore à savoir, elle n'avait pas abdiqué. Dans le hall des Sycomores, elle scrutait chaque nouveau visage, tendait ses grandes mains usées, veinées de marbre noir. Ses yeux ne la guidaient plus depuis longtemps. Elle déambulait dans la pénombre, elle en avait trop vu, la vieille Marie, elle avait vu les dix-huit enfants regroupés dans la nuit, leurs regards confiants, leurs minois amusés. Une chasse au trésor. Elle n'y avait jamais cru. Ni aux chasses au trésor, ni au Père Noël, ni même à la petite souris qui passe sous l'oreiller. Elle ne croyait qu'en ce qu'elle voyait, et depuis qu'elle ne voyait plus, elle voulait croire aux miracles. Elle tournait en rond dans ce hall, approchant les voix nouvelles, soulignant les traits d'un nez ou d'un menton. Elle tâtait, elle jaugeait, elle évaluait, elle disait : « Comment t'appelles-tu ? » On l'entendait maugréer dans ses trois poils de barbe. On esquivait, mais la vieille Marie insistait, elle brandissait sa canne en répétant : « Dis… comment t'appelles-tu ? » Alors, on finissait par lâcher son prénom, et s'il figurait parmi ceux des dix-huit enfants disparus, la vieille Marie restait un instant suspendue à sa canne, sur la pointe des pieds, capable d'un équilibre imprévisible. Souvent, après la sieste, elle réclamait Pierre. S'il était présent aux Sycomores, il achevait en hâte, à la limite du sabotage, les bons services qu'il accomplissait pour les autres pensionnaires. Il entrait dans la chambre avec un protocolaire « S'lut p'tite M… M… Mère », l'embrassait sur le front, l'asseyait sur son lit puis se laissait fondre dans le fauteuil fuchsia. Il entamait la boîte de gâteaux que la vieille Marie avait fait venir pour lui. Ainsi, l'histoire pouvait commencer, la même, toujours la même, la pension des Lunes, les lits désertés encore tièdes, la fuite dans la forêt, le simulacre de chasse au trésor, la colère des Ogres, les recherches des jours durant. Et à l'intérieur, dans la poitrine, l'oubli impossible et le remords de toute une existence.

Au cimetière, face à la tombe ouverte, la petite-fille de Marie Pitivier avait lu ce texte en hommage à celle qui avait été la généreuse Petite Mère de la pension des Lunes, celle qui avait chéri tant de Petits Poucets et prodigué tant d'amour maternel.

– Tu resteras chère à mon cœur parce que je suis ta petite-fille et que je n'ai pas de plus grande fierté que celle de porter ton nom. Mais je sais que tu as aimé d'autres enfants que les tiens, que tu les as aimés comme les tiens et que tu resteras aussi pour eux cette Petite Mère qui leur a épargné la souffrance et la peur. Ces enfants ont eu à leur tour des enfants qui sont aujourd'hui comme mes sœurs, comme mes frères. Qu'ils soient en Europe, en Amérique, en Russie, en Israël ou ailleurs, je sais qu'ils ont entendu parler de l'amour généreux de Petite Mère et je les associe de tout cœur à ma prière.

Puis le croque-mort avait descendu le cercueil dans la terre, le croque-mort meurtrier du faucon, le croque-mort que la mère ne quittait pas des yeux.

Pourquoi maman es-tu là ? Pourquoi es-tu devenue une fidèle des cimetières ? Et pourquoi Dieu dans Sa grande bonté fait-Il si grand cas de ta nouvelle dévotion ? Ignore-t-Il ce que tu en fais ? Des Justes maman. Pourquoi Dieu sacrifie-t-Il des Justes à ta cause ?

Ta cause. Une démangeaison en haut des cuisses. Un vide à combler dans le bas-ventre.

Tu ne pries pas pour ça maman. Dis-moi que tu ne pries pas pour ça.

Si. Alors dis-moi que Dieu n'entend pas tes prières.

Pierre n'avait pas suivi le cortège. Il avait ressenti le besoin de retrouver Virginia Hall et il avait poussé la porte bleue de la maison aux volets bleus au milieu des miaulements de chats affamés qui quémandaient la ration oubliée de la veille.

Mon petit Pierre,

Me voilà à Kew, banlieue sud-ouest de la capitale britannique, au siège des Archives nationales du Royaume-Uni. Le Special Operation Executive m'a donné accès à une multitude d'archives. Je fouille, je classe, je reproduis et sais-tu sur quoi j'ai eu la chance de tomber ? Le dossier personnel de Virginia ! C'est passionnant ! Ses messages, ses mots de code, les différentes identités dont elle a usé en travaillant pour le SOE, des extraits des journaux de guerre, *war diaries*... Des merveilles empoussiérées depuis plus de soixante ans !

Ci-joint quelques notes et tout ce que j'ai pu reproduire.

Porte-toi bien, je t'embrasse,

Emma

1940
La Wehrmacht a envahi les Pays-Bas, le Luxembourg et la Belgique. Les divisions de Panzer traversent le massif des Ardennes. C'est la guerre éclair, la Blitzkrieg qui s'engouffre par Sedan et jette sur les routes dix millions de Belges et de Français. Les sirènes des stukas, surnommées les trompettes de Jéricho, terrorisent les réfugiés. Essence, nourriture, vêtements, tout devient introuvable. Virginia est engagée comme ambulancière au service de santé des Armées françaises. Près des forts de la ligne Maginot, elle apporte son soutien et ses soins aux garnisons. Elle sera démobilisée fin juillet 1940, après la signature de l'armistice à Compiègne le 25 juin.

Virginia arrive à Londres le 1er septembre 1940. Le 7 septembre, la capitale britannique subit des vagues de bombardements intensifs. Le Blitz, qui touche de plein fouet les populations civiles, va durer plusieurs mois.

1941
Le 2 juin, les autorités de Vichy définissent le nouveau statut des Juifs, leur interdisant l'accès à certaines professions, réduisant

leurs droits à la culture et aux formations universitaires. En zone occupée, le port de l'étoile jaune est déjà obligatoire. Entre le 20 et le 24 août, plus de 4 000 Juifs sont arrêtés et internés au camp de Drancy.

Virginia est envoyée en France par les services secrets britanniques. Sa mission initiale d'agent de liaison prendra très vite des dimensions plus importantes. Elle sera considérée comme le numéro un du SOE dans la zone libre, capable de répondre efficacement à toutes sortes de sollicitations : caches, faux papiers, filières d'évasion… À Lyon, elle loge au Grand Nouvel Hôtel sous le nom de couverture de Brigitte Lecontre. Elle se consacre à l'organisation du réseau Heckler et travaille officiellement sous sa véritable identité en tant que correspondante du *New York Post*.

Le 11 décembre 1941, l'Allemagne et l'Italie entrent en guerre contre les États-Unis. Le passeport américain de Virginia et sa couverture comme journaliste au *New York Post* ne sont plus une protection suffisante.

1942
Virginia est démasquée par un agent double, Bishop, qui lance la Gestapo sur ses traces. Klaus Barbie la considère alors comme « l'agent allié le plus dangereux ». Le 8 novembre, elle quitte Lyon et la France, rejoint Lisbonne puis Londres. Le 11 novembre, la zone libre est envahie par l'armée allemande. Virginia ne portera aucun crédit au message du Führer adressé aux Français sur Radio Paris : « L'armée allemande ne vient pas en ennemie du peuple français, ni en ennemie de ses soldats. »

1944
De retour à Londres, Virginia suit une formation d'opérateur radio. Le SOE ne souhaite pas l'engager pour une nouvelle mission en France où elle est toujours recherchée par la Gestapo. Elle propose alors ses services à l'OSS, équivalent américain du SOE. Le 10 mars, elle retourne en France sous le nom de Marcelle Montagne. Au printemps de la même année, elle rejoint Le Chambon-sur-Lignon pour aider le maquis à lutter contre l'occupant et s'installe dans la ferme du Riou.

Il était si bon à Pierre de partager cette vie héroïque qui comblait la tiédeur de sa propre vie. S'il avait osé, il se serait posté devant la porte du One Toutou et il aurait attendu Nina, seulement pour lui signifier que tout allait bien, que la vie étalait sa lumière sur les décombres de l'Histoire et que jamais plus l'homme ne serait un loup pour l'homme. Non, jamais plus.

15

« MON VENTRE S'EST ARRONDI. L'été a succédé à l'hiver sans printemps. C'est un chaud début de juillet où le soleil tente de rattraper le temps perdu. Tout éclôt en hâte. Je me sens pareille à la course des saisons. Il me semble que j'éclos en hâte.

À quoi vais-je donner naissance ? Les arbres et les fleurs savent à quoi ils vont donner naissance. Et moi, je l'ignore. J'ignore même en quoi consiste le fait de donner naissance.

Maman m'a apporté le médaillon de Franz. Elle a chuchoté : "Cache-le… si le père apprenait que je te l'ai rendu, il me tuerait." Je le serre contre mon ventre et je répète ces mots : *Sieh drinnen nach*, les derniers mots de Franz. Je les répète comme ces phrases codées que Virginia transmet à longueur de journée et à longueur de nuit : Les poireaux sont longs et frisés. Elles sont vertes comme un prunier. Et surtout cette phrase qui annonce le départ de Virginia, tard dans la nuit : Le requin a le nez tendre. Cette phrase qui me remplit d'espoir. Si même le requin a le nez tendre, alors tout peut arriver. La pire monstruosité peut receler un soupçon de tendresse. Le monde a toujours été prodigue d'horreurs mais il peut aussi accoucher du meilleur.

Virginia voudrait que je rentre chez moi. Elle prétend que ma place n'est pas ici. Mais qui voudrait de moi avec Jude sur mon épaule et un petit Ogre dans le ventre ? Qui voudrait de moi ?

Aujourd'hui j'ai harcelé Virginia de questions. Pourquoi les hommes qui viennent ici l'appellent-ils La Madone ? Que signifient ces heures entières à coder et décoder des messages ? La guerre est-elle bientôt finie ?

J'ai obtenu une promesse. Ce soir, j'irai avec Virginia là où le requin a le nez tendre.

Nous avons longtemps marché, Virginia, trois hommes et moi, traversé des forêts et des champs. Sur une vaste clairière balisée de torches, les lumières dessinaient la forme d'un requin et tout au bout, à l'emplacement du nez, des joncs révélaient le caractère marécageux du terrain.

Virginia m'a demandé de m'asseoir dans l'herbe, un peu à l'écart. Peu après, j'ai entendu le bruit sourd des avions puis j'ai vu l'ombre noire au-dessus de nos têtes. J'ai eu peur. Les lourds containers se sont écrasés au sol.

Au centre, l'émetteur que Virginia appelait l'Eurêka émettait en morse la lettre codée du terrain qui avait été balisé. Ne rien larguer sur le nez du requin, tel était le mot d'ordre.

J'entendis des mots dont j'ignorais le sens, grenades à main, mitraillettes Sten… et je vis des dizaines d'hommes munis de brassards portant l'emblème de la croix de Lorraine surgir des forêts pour s'emparer du précieux butin.

C'était de cette façon que Virginia faisait la guerre aux Ogres. Avec des armes qui n'étaient pas celles de l'Esprit.

Sur le chemin du retour, j'ai demandé à Virginia ce que signifiait *Sieh drinnen nach*. Virginia a souri : "C'est la plus belle chose qu'on puisse dire à quelqu'un qu'on aime. Cela signifie *Regarde à l'intérieur*." Franz me signifiait-il qu'il souhaitait que je regarde au-delà de l'Ogre qui était en lui ? Et que cette chose derrière l'Ogre était bonne et était tendre ? Tendre comme le nez du requin.

Tels étaient les mots qui couvraient le mystère de Franz, et il fallait que je me débrouille avec ce mystère. Ni Virginia ni quiconque ne pourrait m'y aider. »

Pierre secoue la tête en signe de dénégation. Antoine insiste, l'haleine empestée de vapeurs d'alcool.

– Déconne pas, Pierre, si on le fait pas, personne le fera... C'est depuis qu'il est là que toutes les p'tites vieilles se font dégommer ! Y t'a plumé comme un pigeon ! Qui c'est hein maintenant qui va te payer pour faire des courses ou une petite balade en plein air, qui c'est hein ? Tu fais chier, Pierre, moi j'ai pas la trouille de ce mec. File-moi ta carabine !

Pierre plaque ses mains sur ses oreilles, mais le monologue d'Antoine ne cesse pas. Il ne cessera pas tant que Pierre n'aura pas cédé à la colère et à la haine.

Pierre n'a pas peur de James Nicholson, il pourrait le traquer comme il traque le lièvre, le chevreuil ou le sanglier, il pourrait lui loger une balle dans la tête si Nina le lui demandait.

– T'es trop con ! hurle Antoine. Ta gonzesse il la baise et il la paie, tu sais bien qu'il la paie ! Si elle l'aimait, il aurait pas besoin de la payer !

Le poing de Pierre projette Antoine sur le sol. Antoine se relève, titubant, goûtant à pleine bouche le sang qui pisse depuis son nez, satisfait d'avoir enfin engrené l'inflexible mécanisme de la violence, un déchaînement vers lequel il tend désormais de toute sa bestiale rancœur.

Ils marchent l'un derrière l'autre jusqu'à la voiture. Pierre prend le volant, les pneus crissent en mordant le goudron. Il allume l'autoradio, descend les quatre vitres électriques. La Volvo roule tous phares éteints dans la nuit, une nuit qui semble s'étendre sur le monde pour l'éternité.

La complainte jaillit des baffles :

« *There's a lady who's sure all that glitters is gold*

And she's buying a stairway to heaven. »

Antoine chante à tue-tête.

– Tu sais ce que ça veut dire ? J'parie qu'tu sais pas, hein qu'tu sais pas ! Eh bien ça parle d'une gonzesse qui est sûre que tout ce qui brille c'est de l'or !

Pierre pensa qu'Antoine avait raison, il faudrait que Nina sache, une fois pour toutes, que tout ce qui brille n'est pas or.

Le moteur tourne dans la cour de la ferme du Grand Roure. Les chiens jappent en léchant les mains de Pierre, les mains caressant les poils soyeux de l'échine, saisissant la truffe d'une affectueuse empoignade, puis soudain se libérant de toute étreinte, les mains repoussant les chiens, les mains en bataille, dénichant dans l'écurie la crosse lisse et lourde de la carabine. Deux à deux, Pierre grimpe les escaliers qui mènent à son appartement. Il tourne la clé dans la serrure, mais la porte, déjà, est ouverte. Une lumière filtre depuis la chambre d'où proviennent des gémissements pareils à ceux des chiens, des gémissements brefs, haletants. Les mains de Pierre se crispent sur la crosse. Il avance dans le couloir d'un pas lent, silencieux, un pas de clandestin. Du bout du pied, il fait glisser la porte de la chambre. Un homme est accroupi derrière une femme nue, elle est agenouillée sur le sol, haut du corps affalé sur le lit, mains enfouies sous les draps. L'homme porte une chemise ouverte qui couvre les reins de la femme. Il va et vient en elle, les mains sur ses épaules, ses longues boucles effleurent le haut du dos.

Pierre voudrait aller jusqu'à la cuisine, ouvrir le tiroir du haut, s'emparer de la boîte de cartouches et le reste, tout le reste, la carabine le fera. Oui, il faudra que cette femme cesse de geindre, que le croque-mort se retire, referme sa chemise et sa braguette, enfile ses chaussures et sorte de cette chambre. Il faudra que cessent enfin les halètements et les grands remous de muscles.

Car, au bout du compte, Pierre voudrait simplement que cette femme arc-boutée sur son propre lit dans sa propre chambre ne soit pas sa propre mère.

Dans le tiroir de la cuisine, Pierre s'empare de la boîte de cartouches. Il arme la carabine, hésite une poignée de secondes, regarde vers la droite du côté du couloir qui le ramène vers Antoine, vers la gauche du côté qui le conduit à la chambre.

Il se tient un instant chancelant. Parce que les gémissements se sont tus, ses pas l'entraînent vers la droite.

– Amuse-toi bien.

C'est ce que lui avait dit sa mère en fin d'après-midi au moment où Antoine était venu le chercher.

Puis elle avait ajouté :

– Tu rentres tard.

Elle l'avait prononcé comme une injonction et Antoine avait renchéri :

– Aux petites heures du matin, m'dame, aux petites heures du matin.

16

« Le temps a passé. Je suis restée à la ferme du Riou, seule, sans Virginia. Seule avec mon fidèle Jude.

Depuis combien de temps n'ai-je pas écrit dans le cahier rouge ?

Mon ventre est si lourd que tout mouvement me coûte. Je reste des journées entières allongée sur l'herbe à regarder le ciel. J'essaie d'y voir l'intérieur de Franz, mais rien, jamais, ne m'apparaît, rien ne m'apaise d'une quelconque révélation. J'en viens même à douter que Dieu existe.

À part Dieu, rien ne me manque vraiment. Excepté d'entraîner les enfants sur le court de tennis. Il me tarde de perdre ce ventre rond et qu'à nouveau je puisse courir sur la terre battue.

Le village a été libéré début septembre. Les véhicules remplis de soldats ont traversé la place des Marronniers en distribuant des tablettes de chocolat.

Nous étions toujours sans nouvelles des enfants cachés dans la forêt.

La mère de Niels, miraculeusement rescapée du camp de Treblinka, est arrivée au village. Maman lui a annoncé que nous n'avions pas de nouvelles de Niels depuis son arrestation. Peut-être n'en aurions-nous jamais.

Début novembre, maman, Jude et moi accouchions d'un petit garçon pour lequel je n'avais pas prévu de prénom. Son nom manquait aussi puisque j'ignorais celui de Franz.

Je l'ai surnommé "Regarde-à-l'intérieur". C'est un bien joli prénom, un prénom d'Indien.

Regarde-à-l'intérieur entre aujourd'hui dans sa troisième semaine. C'est un bébé chétif. Mon lait se tarit jour après jour malgré les bons soins de maman qui me prépare des tisanes au fenouil. Je pense que mon corps n'a pas été conçu pour nourrir un petit Ogre. C'est au-dessus de mes forces et sans doute de ma volonté.

Le va-et-vient des retrouvailles bat son plein dans les pensions. Il y a des rires et des larmes, des flots de paroles et des silences, des peurs et des impatiences.

La Dame à la capeline est venue d'Amérique chercher un des camarades de Niels, un des dix-huit enfants cachés dans la forêt. Le chagrin a noyé ses yeux. C'est une grande Dame qui impose le respect et qui se rend utile pour ceux dont les parents ne sont pas encore arrivés.

Ce matin, j'ai pris mon courage à deux mains, je suis allée voir la Dame à la capeline à l'hôtel des Acacias. Regarde-à-l'intérieur, ballotté par ma course, pleurait contre ma poitrine. J'ai baisé son front. J'ai versé une larme contre sa joue. Puis j'ai dit ces mots que je n'aurais pas dû dire. J'ai dit : "Mon enfant, je t'aime, mon enfant."

– Madame, cet enfant est malade, il a perdu beaucoup de poids, sa mère est morte, il faut l'emmener, madame, il faut l'emmener et me donner de ses nouvelles, je vous laisse mon adresse, madame, donnez-moi de ses nouvelles… Il s'appelle "Regarde-à-l'intérieur"… C'est tout ce que je sais, c'est tout ce que je sais de lui.

La Dame à la capeline a serré Regarde-à-l'intérieur dans ses bras. Elle a posé sur son front un baiser qui a lavé le mien. Je m'en suis allée sans me retourner. »

Pierre et Antoine sont postés à la sortie du One Toutou. Dans le ciel bas gronde un lointain orage. Les mains de Pierre s'agitent sur le volant de la Volvo. À sa droite, l'œil rivé sur la rue déserte, Antoine allume des cigarettes qu'il ne fume qu'à moitié. Sur le siège arrière, la carabine est roulée dans la couverture des chiens.

Les éclairs déchirent l'horizon, et les grondements, en se rapprochant, font tressaillir l'habitacle. D'ici, on peut voir la seule fenêtre allumée au deuxième étage du One Toutou, la fenêtre de la chambre de James Nicholson. La pluie se déverse en rafales sur le pare-brise, une pluie déchaînée qui court le long des trottoirs, tourbillonne à l'entrée des égouts, charriant dans un même imbroglio la folle résolution d'Antoine et les errements de Pierre.

Nina était peu diserte quant à ses aventures dans la chambre dix-sept, mais à plusieurs reprises, elle avait laissé entendre que l'Américain la raccompagnait jusqu'à l'angle de la rue. Vers vingt-deux heures, sous la lueur bleue du réverbère, les deux silhouettes apparurent à l'angle du One Toutou. Ils se tinrent un instant immobiles sous le porche, puis s'élancèrent, serrés l'un contre l'autre, projetant de grandes girandoles à chacune de leurs foulées. Pierre eut seulement le temps de capter le rire de Nina, son rire de franche béatitude, celui qu'elle avait souvent après l'amour.

Pierre et Antoine attendirent le retour de James Nicholson. Le canon collé contre la tempe, l'Américain monta dans la Volvo. Sur la banquette arrière, Antoine s'installa à ses côtés. Ils étaient trempés de la tête aux pieds, une odeur de chien mouillé empestait, émanant de la couverture. L'Américain tenta de parlementer :

– Pose ça, Antoine, c'est dangereux, qu'est-ce que vous voulez…

Antoine fit plus pressant le contact du canon sur la tempe de l'Américain.

– Si tu prononces encore un mot, je t'explose la tête !

Les mains d'Antoine tremblaient sur la crosse. Dans le rétroviseur, Pierre apercevait son visage ravagé et souillé.

– Ok… ok…, murmura l'Américain.

Il posa ses deux mains sur ses genoux, tourna la tête vers la fenêtre, ne prononça plus un mot.

À la sortie du village, la Volvo vira brutalement sur la gauche. Une immense gerbe d'eau vint balayer le pare-brise, coupant à Pierre toute visibilité. La roue avant droite heurta le talus, la voiture termina sa course dans un champ de maïs en contrebas de la chaussée. Pierre passa la marche arrière, tenta un demi-tour hasardeux, élançant le break à l'assaut du goudron, mais dans la terre détrempée, les roues patinaient. Le moteur cala sous les invectives d'Antoine.

– T'es trop con, Pierre, t'es trop con, viens prendre ma place !

Jamais Pierre n'avait tenu un homme en joue et cela ne lui sembla d'abord pas très différent d'un lièvre ou d'un gibier quelconque. Il y manquait pourtant l'exaltation de la traque. Pierre se demanda s'il pourrait appuyer sur la détente et faire voler en éclats le cerveau de l'Américain, appuyer sur la détente et qu'on en finisse. Non, Pierre ne pourrait pas. Il était trop près de la cible, il demeurait en contact avec elle et cette proximité n'était pas dans ses habitudes. Il faudrait faire descendre l'Américain, le regarder courir, hurler son nom pour qu'il se retourne et là, sous la pluie battante, avant même qu'il ne pût implorer ses bourreaux, entre deux éclairs, Pierre pourrait faire écho à l'orage.

– Pierre ! Tu m'entends ! Qu'est-ce que tu fous ! Fais-le descendre, vous allez pousser !

Antoine braillait derrière la vitre, il ouvrit la portière et secoua violemment l'Américain.

– Magne-toi ! Aide-nous à sortir de là ! Je vais prendre le volant.

Pierre et James Nicholson s'enfonçaient dans la boue. L'embrayage sentait le roussi et les roues, en patinant, creusaient davantage le sillon. La bourrasque gémissante leur battait le sang, redessinant le contour des visages avant que la terre brune ne les couvre à nouveau. Les muscles saillaient dans un effort commun qui ne parvenait pas même à ébranler la Volvo. Antoine bondit hors de l'habitacle, s'immobilisa sous la pluie, saisi d'hilarité, riant et ponctuant son propre rire de grognements sourds qui semblaient tomber du ciel enténébré.

L'Américain lança, à bout de souffle :

– Faut reculer, on n'y arrivera pas comme ça !

Le visage lavé et pâle d'Antoine, à peine reconnaissable, bleuit soudain dans la lumière des phares. Le nez déformé dont le volume empiétait sur l'œil droit se remit à saigner. Il ouvrit la portière, crachant rageusement le sang qui lui coulait dans la gorge, s'empara de la carabine, laissa éclater un juron, recula de quelques mètres, puis tira sur James Nicholson.

– Je t'avais dit de fermer ta gueule !

Le sang gicla sur la cuisse, l'Américain s'écroula dans la boue.

Pierre observa Antoine faire remonter l'Américain dans la voiture et lui ordonner de reculer. Les roues s'enlisèrent à nouveau avant d'adhérer sur une partie rocailleuse du champ. Dans un vacarme de moteur et de tôle froissée, l'Américain franchit le talus jusqu'à mordre le goudron.

James Nicholson aurait pu alors poursuivre sa route, planter là les deux acolytes et leurs minables velléités de meurtre, mais devant ses yeux, une mouche gigantesque battait des ailes, cancrelat kafkaïen répugnant et velu, zigzaguant, cognant son corps oblong contre le pare-brise, prenant de l'altitude puis plongeant à nouveau contre la vitre, observant de ses prodigieuses orbites le visage livide de l'Américain. James Nicholson tenta de protéger son visage de ses bras impuissants. Le break, à chaque assaut, semblait se disloquer davantage et le monstre bientôt engloutirait sa proie. Il coupa le contact, se jeta à l'arrière de la voiture et se réfugia sous la couverture.

Pierre comprit alors que James Nicholson était des leurs, qu'il irait jusqu'au bout de cette folie préméditée.

L'orage avait cessé. Antoine reprit le volant. Dans le faisceau des phares, les brumes s'élevaient en boucles capiteuses. James Nicholson fixait le paysage qui défilait derrière la vitre. Il lui semblait que la Volvo voguait sur des flots et que, peu à peu, les arbres qui bordaient la voie se muaient en la rousse chevelure d'Alice Rivolier. Il ferma les yeux. Derrière ses paupières closes, il descendit de la chambre dix-sept et dans le hall du One Toutou, à nouveau il prononça ces mots : James Nicholson, pour une semaine comme prévu et peut-être davantage. Puis, par deux fois, il répéta : James Nicholson, James Nicholson.

Lorsqu'il revint à lui, la voiture avait stoppé sa course à la croisée d'un chemin forestier. Longtemps ils marchèrent dans la nuit, sous le couvert des forêts. Le sang dessinait de larges auréoles sur la chemise que Pierre avait nouée autour de la plaie de James Nicholson. Traînant la patte, balayant sa face avec de grands mouvements de mains, l'Américain délirait. Tour à tour, il s'arrêtait, grommelant contre la douleur, puis dévalait à grandes embardées le long du chemin, butait contre les souches, se redressait, psalmodiant des paroles prophétiques, et que s'accomplisse la course des saisons, et que la pluie engrosse les rivières, et que les bêtes s'accouplent entre bêtes, et les hommes et les femmes entre hommes et femmes. James Nicholson extasié. James Nicholson dont le torse ondoyait au rythme d'un souffle rauque, soulevant bruyamment sa poitrine où le cœur battait en spasmes chahutés. Dans ce cœur, il y avait Nina, toute la vie et tout le bonheur de Nina. Pierre savait qu'il fallait que ce cœur vive. Parce que ce cœur, quoi qu'Antoine puisse en penser, pour Nina, c'était l'Amérique.

Ce qui subsistait de La Châtaigneraie s'élevait au milieu de la clairière. Pierre et Antoine connaissaient ce lieu banni de tous qui avait abrité des officiers allemands pendant la Seconde Guerre mondiale. Les parties gauche et centrale, dévastées par les flammes, étaient aux trois quarts effondrées. Seule demeurait l'aile droite, que le temps et les aléas de l'Histoire avaient miraculeusement épargnée. La mousse recouvrait les grandes dalles de pierre qui formaient une vaste allée centrale entre les peupliers. Antoine poussa la grille. Quelques mètres plus loin, la porte céda sous son épaule. Depuis longtemps déjà, l'Américain ne tenait plus sur ses jambes. Pierre et Antoine le soutenaient, haletant sous son poids. Ils longèrent les étroits corridors, traversèrent les hautes pièces où régnait cette odeur propre aux lieux trop longtemps privés d'air et de lumière. La main de Pierre cherchait les interrupteurs sur les murs, elle ne trouvait que la pâte souple et humide des plâtres dans laquelle ses doigts s'enlisaient mollement, marquant la trace nette de ses empreintes. Antoine laissait courir la flamme de son briquet, son visage apparaissait dans le halo, les traits déformés par l'empâtement du nez. Dans une vaste pièce, ils allongèrent l'Américain. Ses pupilles dilatées accentuaient ce qu'il y avait toujours eu de folie mal contenue dans son regard, ses lèvres demeuraient figées en un sourire distrait. Soudain il saisit la main d'Antoine. Les mots affluèrent en une voix solennelle, incroyablement distincte :

– Antoine… je vois le doux Christ galiléen environné de sa gloire, tel qu'il est apparu à Madeleine au jardin de la Résurrection, se tenant immobile dans la clarté… je le vois, Antoine… je le vois comme je te vois… le doux Christ galiléen…

Antoine s'agenouilla au chevet de l'Américain.

– James Nicholson, tu te méprends, je ne suis pas le doux Christ galiléen, je suis le frère de Jacques, et Jacques est mort, et sais-tu pourquoi Jacques est mort ? Réfléchis bien, James Nicholson… Non, tu ne vois pas… Alors je vais te le dire… Jacques est mort parce que la femme qu'il aimait l'avait trompé avec quelqu'un de ton espèce et qui sait, James Nicholson, qui saura jamais m'affirmer que ce n'était pas ta sale présence déjà en ces lieux, qui saura m'affirmer de façon certaine que ce n'était pas toi qui marchais cette nuit-là au bras de Pauline, c'était un Américain, James Nicholson, un Américain… Alors il va falloir que tu saches enfin qui tu es, es-tu vraiment le petit-fils de Louise Sorlin ? James Nicholson, je te le souhaite, je te souhaite d'être le petit-fils de Louise Sorlin…

Antoine se retourna, ramassa la carabine, mit l'Américain en joue. Pierre tenta de s'interposer.

– A… Arrête ! Arrête !

La crosse frappa de plein fouet la tempe de Pierre.

17

NINA POUSSA LA PORTE de la chambre dix-sept. La pièce était étrangement vide. Il n'y flottait pas cette entêtante odeur de tabac qui l'accueillait les autres fois. C'était comme si James Nicholson avait déserté les lieux. Pourtant, ses vêtements demeuraient en bonne place dans la petite armoire. Sa valise était là, au pied du lit.

Tard dans la nuit, machinalement, comme pour tuer l'attente, Nina ouvrit le cahier rouge.

> « Il ne me reste qu'un médaillon et parfois je me surprends à m'en trouver heureuse. J'ignore de quelle abominable manière cela peut ressembler au bonheur. Mais je le ressens pourtant ce bonheur. Ce bonheur d'avoir mis au monde l'enfant de Franz. En tout point égal au bonheur de m'en être séparée, de l'avoir confié à la Dame à la capeline qui venait d'Amérique.
>
> Cette idée me rendait presque supportable l'absence de Regarde-à-l'intérieur. J'avais le sentiment étrange d'un tribut dont je me serais acquittée.

Aujourd'hui, j'ai raconté à maman les mots de Franz lorsqu'il m'a tendu le médaillon. Et elle n'a rien trouvé d'autre à répondre :

– Et alors, tu as regardé à l'intérieur ?

– Mais maman… à l'intérieur de quoi ?

Maman ne m'a pas écoutée. Elle a fait ce qu'il ne m'était pas venu à l'idée de faire, tout auréolée d'amour que j'étais, tout attisée par des feux plus vastes, plus nobles que le strict sens des mots.

Elle a ouvert le médaillon.

Regarde à l'intérieur.

À la pension des Grillons, Ida a traduit la lettre maintes fois repliée qui demeurait depuis des mois logée dans le médaillon de Franz. Maman lui a demandé de répéter.

"Louise. Ai trouvé les enfants dans la forêt. Les ai mis à l'abri dans les sous-sols de La Châtaigneraie. Ont de quoi boire et manger pour une semaine. C'est le seul endroit où les Ogres ne les chercheront pas. Nous quittons les lieux demain. Prends soin de toi. Et des enfants. Je ne sais pas quand la guerre sera finie. Je sais que je l'aurai gagnée à ma façon. Franz."

Nous ne sommes pas allées à La Châtaigneraie. Maman a dit qu'il était trop tard, la foudre avait tout ravagé trois jours après le départ des Ogres. Je le savais déjà. Mon père, dans la cave, me l'avait annoncé. Et il en avait été heureux.

Il aurait fallu ouvrir le médaillon avant. Bien avant. Maman l'a dit. Bien avant.

Comment avais-je pu traverser le village avec ce médaillon contre la poitrine et les mots de Franz dans la tête : *Sieh drinnen nach.* Comment avais-je pu ne pas vouloir savoir ce que ces mots signifiaient ? Pourquoi n'en avais-je pas parlé à mon père ?

Je suis rentrée à la maison. Mon père m'a embrassée comme sa fille. Il m'a pressée contre lui, s'est emparé de mes cheveux, de ma nuque, de mon front.

Avant-hier, Jude a mangé du taupicide. Il est mort dans mes bras, bavant et gémissant. Je l'ai mis en terre. Dans les entrailles de la terre. Au royaume de Jude.

La vie a repris son cours. Chaque mois, Mme Nicholson, la Dame à la capeline, m'adresse des nouvelles de Regarde-à-l'intérieur. Je frappe de plus en plus fort dans une balle de tennis. Et je ne m'en lasse pas. Je frappe avec une rage que nul ne peut comprendre.

Voilà bien des années que je n'avais pas ouvert le cahier rouge. Je suis vieille à présent. Mais il me semble être vieille depuis si longtemps.

Je marche dans les allées du parc des Sycomores. Je tiens un médaillon serré contre mon cœur avec une lettre à l'intérieur. Chaque jour que Dieu a fait, j'ai attendu

Regarde-à-l'intérieur et il n'est pas venu. Je le sais à présent souffrant de l'autre côté de l'Atlantique. Si loin de mon réconfort.

Et je sais le fils né de son sang et qui est un si vaillant joueur de tennis. Lui aussi, je l'attendrai.

Je marche dans les allées du parc des Sycomores. Je tiens un médaillon serré contre mon cœur avec une lettre à l'intérieur.

Depuis l'autre bout de l'allée, un homme vient à ma rencontre. Il avance péniblement, appuyé sur sa canne. Arrivé à ma hauteur, il dit : "Louise ?" Il le dit avec l'accent des Ogres. Je réponds : "Franz…" "Oui, dit-il, Franz Harster."

Harster, tel est donc le nom de notre fils.

Je marche dans les allées du parc des Sycomores. Je tiens un médaillon serré contre mon cœur avec une lettre à l'intérieur.

Je raconte comment nous avons trouvé les enfants et comment nous les avons libérés. Je dis ce mot, ce mot d'il y a plus de soixante ans, "*Danke*". J'offre à Franz l'illusion d'avoir gagné une guerre.

Il est temps à présent de refermer le cahier rouge.

Je pense au visage éclaboussé de Niels tirant comme un forcené sur le pis des vaches.

Je pense aux parfums de la fenaison et aux bouquets de violettes.

Je pense aux fêtes de Hanouka célébrées à la pension de la Guespy.

Je pense aux jambes de maman marchant en direction du temple.

Je pense à ceux dont j'ai pris les enfants et à celui que j'ai donné.

Je pense à tous les autres, les milliers de Petits Poucets qui ont trouvé asile dans La Montagne.

Je pense au froid de la cave et à la chaleur de Jude.

Je pense à Virginia Hall et au nez tendre du requin.

Je pense à Franz.

Je pense à James Harster, mon petit-fils.

Toute la vie qu'il me reste à vivre, je broderai ses initiales sur des couvertures.

Je pense à toutes ces choses, bonnes ou mauvaises, que la vie nous donne et que la vie nous prend.

Je pense à toi, mon fils. Il faut que tu me pardonnes. Il faut seulement que tu me pardonnes. »

Il était une heure du matin ce vendredi de juillet dans la chambre dix-sept. Le cahier rouge glissait des mains de Nina. Des enfants étaient cachés dans les sous-sols de La Châtaigneraie, des enfants cachés depuis plus de soixante ans, et ces enfants n'avaient pas pu mourir dévorés par les flammes. La colère des Cieux n'avait pas pu se greffer à la folie des hommes. Nina se sentait prise dans un étau qui comprimait sa raison. Elle était Louise, elle était même la seule rédemption possible de Louise. Il lui fallait libérer les enfants avant que l'orage ne gronde, avant que la foudre n'accomplisse son funeste forfait. Il lui fallait réécrire l'histoire, et elle se sentit incapable de la réécrire seule. Elle quitta Le One Toutou, traversa la place des Marronniers, courant à grandes enjambées jusqu'à la gendarmerie.

Le lieutenant Le Goff… Seul le lieutenant Le Goff saurait réécrire l'histoire comme il avait su si souvent en conter à Nina, des histoires cocasses, grasses et vaillantes. Maintes fois Nina avait pénétré son logement de fonction en plein cœur de la nuit pour entendre ces fables à dormir debout, et de plus improbables encore, glissées dans le creux de l'oreille, chuchotées contre sa nuque dans la tiédeur de l'aube.

Lorsque Nina et Le Goff arrivèrent à La Châtaigneraie, ils remarquèrent le halo de lumière qui dansait derrière la fenêtre, dans l'aile droite du bâtiment. Ils grimpèrent à l'étage, pénétrèrent dans la pièce. Antoine avait disparu. Nina se précipita près du lit où l'Américain gisait.

– Mais qu'est-ce que vous faites là ? Réveillez-vous, c'est moi, c'est Nina…

Elle aperçut Pierre, prostré sur le plancher. Elle se pencha, le secoua violemment.

– Qu'est-ce que t'as fait, Pierrot… Non… Dis-moi que t'as pas fait ça…

Alors on entendit la voix de l'Américain :

– C'est un accident… Nina… un accident… de chasse…

On transporta Pierre et l'Américain à l'hôpital.

Nina et Le Goff contournèrent la bâtisse. Ils descendirent au sous-sol dans un méandre de poutres et de pièces de bois carbonisées. Elle marchait dans son dos. Ses jambes se dérobaient sur les marches en pierres noircies, déjointées par l'usure du temps et les assauts de l'humidité. Dans la tête de Nina, les idées grouillaient comme des travailleuses dans une fourmilière, des idées qui s'enchaînaient, se succédaient, piétinant la voisine pour tenter de s'extraire intacte de la mêlée.

Louise s'était trompée, il ne pouvait pas en être autrement.

Ou alors… Franz avait menti, il n'avait jamais caché les enfants dans les sous-sols de La Châtaigneraie.

Ou alors… il était revenu sur les lieux et avait accompli jusqu'au bout le sauvetage qu'il avait entrepris.

Ou alors… quelqu'un avait extrait les enfants des flammes et les avait libérés.

Ou alors… ils étaient parvenus eux-mêmes à s'enfuir et s'étaient réfugiés chez une fermière des hameaux voisins.

Ou alors… ils étaient là.

Le lieutenant tendit la torche à Nina. Le faisceau balaya une large ouverture qui marquait l'entrée d'une pièce. Il retroussa ses manches, cracha dans ses paumes en jurant, dégagea les pierres qui s'étaient écroulées sur le seuil. Un montant de la porte en chêne calcinée émergeait des décombres. Nina ne parvenait pas à immobiliser la lampe tant son cœur battait fort dans sa poitrine, tant ses mains remuaient au bout de ses bras défaillants. Cette fois, elle ne pouvait plus en douter, ils étaient là, ils étaient tous là, les enfants que Louise et Franz n'avaient pas su sauver.

Nina agrippa l'épaule du lieutenant.

– N'y va pas, je t'en prie n'y va pas…

La voix chevrotante de Le Goff prononça :

– Faut bien y aller, Nina, faut bien savoir…

La sueur coulait sur son front, ses paupières clignaient dans la lumière que Nina lui projetait en pleine face. Elle se laissa glisser sur le sol, ânonnant des phrases insensées :

– N'y va pas, que va-t-on leur dire… Comment pourront-ils nous pardonner… N'y va pas, ils sont tout petits… Ils ne pourront pas comprendre… Ils sont tout petits et ils sont si vieux… Non, la lumière… Ils auront mal aux yeux… Ils n'ont plus l'habitude… Et puis nous n'avons rien à boire, rien à manger… Pourquoi n'y avons-nous pas pensé… Pourquoi n'avons-nous rien apporté… Ô mon Dieu, n'y va pas…

La silhouette de Le Goff s'engouffra dans la pénombre. Les yeux de Nina s'abîmaient dans l'obscurité de la pièce, épuisés de ne rien discerner que ce ballet de torche incessant et pas un soupçon d'odeur macabre, pas même cette présence-là, pas même cette vie d'après la vie. Seulement une poussière d'os et de cendre dans le halo de lumière, une poussière blanche et grise pailletant sous les pas de Le Goff.

Il sortit sans un mot, hébété, serrant dans sa main droite deux petites médailles frappées de l'étoile de David.

Sur le chemin du retour, des larmes roulèrent sur les joues de Le Goff. Il stoppa le moteur et vomit sous la pluie en gémissant comme un chien battu.

Dans son rapport, le lieutenant déclara : « Nous n'avons rien trouvé. Qu'un imbécile de braconnier qui avait pris un autre imbécile d'Américain pour un lapin. »

18

Nina est assise sur le lit de la chambre dix-sept. Elle replace sa montre sur son poignet, les deux aiguilles indiquent vingt et une heure quinze, l'heure à laquelle ils se sont donné rendez-vous. Vingt et une heure quinze, une ligne droite, parfaite. Pourtant Nina ne parvient pas à y voir autre chose qu'un fil de funambule, très haut tendu entre son affection pour James Nicholson et l'atrocité de l'histoire qu'elle devra lui révéler. Chaque mot comme un pas sur le fil du funambule, avec en dessous le vide où elle a envie de se précipiter là, maintenant, avant que le taxi n'arrive, avant que James Nicholson ne monte les escaliers et ne pousse la porte de la chambre dix-sept. Non, elle ne pourra pas lui lire les dernières pages. Elle lui révélera la vérité en tenant le cahier rouge serré contre son cœur. Elle lui dira : Tous les enfants sont morts. Elle le lui dira ainsi, sur le ton de la lecture du menu du jour, et après, tout de suite après, elle ajoutera : C'est quoi votre parfum ? Ou alors, elle le dira d'une seule traite : Tous les enfants sont morts c'est quoi votre parfum ?

James Nicholson pénètre dans la chambre en boitillant, encombré de béquilles dont il ne semble pas encore avoir assimilé le bon usage. De longs cernes épousent son visage.

– Désolé, Nina, je suis en retard…

– Vous me faites penser à Virginia Hall, désormais je vous appellerai *Limping Man* !

– Espion, ça aurait pu me plaire, j'ai peut-être raté ma vocation…

Nina l'aide à s'asseoir, écarte la petite table pour qu'il puisse allonger sa jambe blessée. Elle essaie vainement de contenir le tremblement de ses mains, camoufler la fébrilité trop perceptible de sa voix. Elle se lance :

– Pierrot est à l'hôpital, ils l'ont interné, il prétend vivre avec une certaine Virginia… Mais moi je ne lui connais pas de Virginia… D'ailleurs je ne connais pas d'autre Virginia que Virginia Hall…

James Nicholson tente de se lever, soupire, puis repose finalement ses béquilles.

– J'ai soif, il y a une carafe et un verre dans la salle de bains…

Nina prend son temps, tout son temps. Chaque seconde gagnée est un sursis, une illusion de bonheur, et cette illusion Nina veut la savourer, l'étendre comme un linge de noces sous le soleil printanier, y enfouir ses derniers instants d'innocence.

Elle remplit la carafe, se passe un peu d'eau fraîche sur les tempes, oublie le verre, revient dans la salle de bains, observe son visage raturé par les mots de Louise, puis sert l'Américain.

James Nicholson boit d'un trait.

– On s'y met ?

Nina se déplace lentement jusqu'au petit tiroir. D'une main hésitante, elle sort le cahier, passe ses doigts sur la couverture rouge, prend place sur une chaise en face de l'Américain.

– Je suis fatiguée ce soir, et vous aussi je crois… Peut-être que…

Le visage de l'Américain s'assombrit.

– Je repars demain, Nina… Je repars demain en début d'après-midi et je veux savoir… Vous comprenez… Il faut que je sache… Je veux savoir de votre bouche.

Je veux savoir de votre bouche. Cette phrase, toute l'innocente cupidité de cette phrase qui prenait et ne donnait rien, toute son apparente innocuité, non, cette phrase Nina ne pouvait l'entendre. Elle lui aurait si volontiers tout dit de sa bouche, la largeur, la profondeur, les tours et les contours.

Elle croisa les bras et prononça :

– Moi aussi, j'ai soif.

Au prix d'un effort surhumain, James Nicholson tira sa chaise plus près de la table. Nina pensa qu'il allait basculer. Elle le souhaita. Elle souhaita se rouler contre lui sur l'affreuse moquette d'Alice Rivolier, faire fi de la jambe malade et des longs cernes sous les yeux.

La chaise de James Nicholson plus près de la table. Le verre qu'il fait glisser face à Nina. La carafe qu'il saisit maladroitement, se penchant trop exagérément en avant. La chaise qui bascule. La table à laquelle James Nicholson tente vainement de se retenir. Puis la grande attraction terrestre. Le hurlement de l'Américain lorsque la table heurte sa cuisse. L'eau de la carafe qui se répand sur le cahier rouge.

Nina se précipite, tente d'aider l'Américain à se relever, mais il la repousse, pointant de son doigt ce qui lui apparaît comme un plus grand désastre que sa chute.

– Le cahier… Nina… le cahier !

Nina observe l'encre bleue se diluer sur les pages, les petits nuages se former aux quatre coins, puis se rejoindre, et immédiatement, elle se dit qu'Alice avait raison, Dieu existe et Il est puissant, tout-puissant, et elle bénit ce saccage en plein ciel, cet azur brouillé qui a le pouvoir de ressusciter des enfants morts.

James Nicholson se hisse péniblement sur la chaise.

– Il faut le faire sécher... Il faut sauver au moins les dernières pages.

– Bien sûr... On va les découper... Je crois qu'il n'en restait que six... Peut-être que ça reviendra.

– Que ça reviendra quoi? La mémoire? Les souvenirs?

– Je voulais pas dire ça!

– Je sais, Nina... Mais moi j'ai besoin de ça... J'ai besoin de savoir... quoi que ce soit, c'est à moi, c'est mon histoire.

– Et si les enfants étaient morts?

– Qu'est-ce qui vous fait dire, Nina, que les enfants sont morts!

Les yeux de Nina se détournent de ceux de James Nicholson.

– J'en sais rien, moi! Peut-être qu'ils ne sont pas morts!

Puis elle ajoute dans un chuchotement :

– Ce ne sera pas sec demain... Si vous voulez, je vous les enverrai par la poste.

– Je ne partirai pas demain, Nina, je vous appellerai dès que ce sera sec, mais je ne partirai pas tant que je ne saurai pas de votre bouche.

Et voilà que recommençait la supplique de cette phrase crucifiante. Le gouffre de la bouche de Nina lorsque l'Américain serait parti, avec son petit moulin de langue qui tournerait dans le vide, sans le moindre grain à moudre.

Sec… dès que ce sera sec. Et Nina quitta la chambre sans que l'Américain ne sache rien de son humidité, rien de sa bouche.

Canelle et Gerlou

L'annonce du départ de Canelle avait couru comme une onde de choc dans le village. Elle avait accroché une pancarte sur la porte du One Toutou.

INVITATION.

VENER PRENDRE UN VERRE.

VENDREDI A PARTIR DE 19 H.

VIENE QUI VEUT.

CANELLE.

Elle avait écrit en lettres majuscules. Alice lui avait signalé :

– Y a des fautes dans l'orthographe !

Canelle avait rétorqué :

– Les fautes, c'est pas dans l'orthographe qu'elles sont les plus graves !

Alice s'était pris ça dans le nez. Elle s'était mouchée et avait laissé la pancarte. Gerlou avait demandé à Canelle pourquoi avoir écrit en lettres si hautes, si fines, si longues. Canelle s'était plantée devant lui, poitrine à hauteur de menton, elle l'avait toisé en lui glissant à l'oreille :

– Parce que j'aime pas les minuscules !

On avait poussé les tables, la radio jouait un air des Beatles.

« *Hey Jude, don't be afraid.*
You were made to go out and get her.
The minute you let her under your skin,
Then you begin to make it better. »

On avait déplié une grande nappe blanche sur un plateau, des verres encore vides, des bouteilles de blanc, de la mûre et du cassis. À dix-neuf heures trente, la salle était presque pleine. On comptait les fidèles, les jeunes et les vieux, ceux qui avaient grandi avec, et ceux qui l'avaient vue grandir. Grandir, ce n'était pas peu dire… Les uns après les autres, ils ont embrassé Canelle, lui ont souhaité bonne chance, lui ont demandé combien de temps elle y resterait, ce qu'elle y ferait, comment elle y vivrait. Ce « y », c'était la lune, oui, c'était comme si Canelle allait marcher sur la lune.

Puis les corps se sont trémoussés sur la piste. Antoine a fait danser Canelle. Ils resplendissaient de grâce et de jeunesse sous la lumière blafarde. Canelle le dépassait d'une tête seulement.

En bord de piste, Gerlou balançait sa bedaine. Il allait se servir une mousse derrière le bar, la buvait d'une traite, revenait les joues chaudes d'alcool et de larmes, guettant la haute silhouette inaccessible, incollable. Les gars du village le consolaient, passant leur bras autour de son épaule, lui claquant une tape virile dans le dos.

– Allez va, t'inquiète… elle reviendra.

Et Gerlou répétait :

– Je la collerai, un jour je la collerai…

Canelle ne le regardait pas. Il n'était pas certain qu'elle eût seulement remarqué sa présence. Elle buvait gaiement, dansait de bras en bras, virevoltait, pleine de sève et d'appétit. Mais la fleur de Gerlou, c'était cette longue tige dressée vers le ciel. Il allait crever de son absence, se dessécher comme un bourdon privé de nectar. Les ailes coupées, il craquerait sous la première semelle. Un bruit sec et puis plus rien.

La salle s'est vidée tard dans la nuit. Nina a embrassé Canelle. Antoine l'a serrée longtemps dans ses bras. Gerlou est sorti de dessous le bar. Sur ses joues, les larmes creusaient de longs sillons grisâtres. Alice l'a sermonné :

– Qu'est-ce que tu foutais là-dessous ! J'ai cru que t'étais rentré moi ! Et dire que j'me suis payé tout l'boulot !

Canelle a fait signe à Alice de se taire. Elle s'est levée, a pris la main de Gerlou dans la sienne, a appliqué un long baiser sur son front.

– T'es salé comme un beurre à huîtres !

Elle s'est retournée vers Alice :

– Je l'emmène mais c'est promis j'te le rendrai demain !

Gerlou n'a pas bronché. Il a gardé sa main logée dans celle de Canelle. Ils sont sortis. Baignées par le voile qui descendait des étoiles, leurs ombres, l'une minuscule, l'autre majuscule, voguaient tantôt devant eux, tantôt derrière, selon qu'ils précédaient la lune ou qu'elle leur emboîtait le pas.

C'était une belle nuit d'été, froide et transparente. Une nuit à se coller.

Nina et James Nicholson

Trois jours s'écoulèrent sans nouvelles de l'Américain. La question fatidique l'obsédant, James Nicholson était-il parti ?, Nina se résolut enfin à questionner Gerlou.

– Tu l'as pas vu toi, l'Américain ?

Le temps de la réponse, le balai resta suspendu dans le vide.

– Moi j'ai les yeux dans les étoiles, m'dame. L'Américain, il est trop p'tit pour qu'je le voie !

Le balai retomba sur terre. Il était incontestable que, depuis le soir du départ de Canelle, les yeux de Gerlou brillaient comme une poussière d'étoile. Certains prétendaient même qu'il avait grandi.

– T'as pas fait une poussée toi…, lui lançaient les clients.

– Une poussée de fièvre oui ! répondait Alice.

Lorsque Nina se décida à rentrer dans la chambre dix-sept, James Nicholson était assis sur la moquette, dos calé contre le lit. Il tenait une cigarette qu'il faisait tourner entre ses doigts. Au sol, le cendrier débordait. Au-dessus, les six pages dévastées demeuraient suspendues à un fil. Sur la table était posé un verre. Vide. Et une bouteille de whisky. Vide. Sur le lit, des vêtements de vieille femme, les vêtements de Louise. L'Américain porta le filtre à sa bouche, chercha à tâtons le Zippo posé près de sa jambe. La flamme s'élança dans la pénombre alors qu'au-dehors le couchant s'évanouissait derrière les montagnes.

Nina eut envie de manier l'interrupteur, décrypter ce visage, s'assurer qu'il était bien celui de James Nicholson.

– N'allumez pas, Nina, vous seriez gentille.

Elle lui demanda ce qu'il faisait là, tout seul, dans le noir.

Il répondit :

– J'attends Louise.

Nina passa la nuit avec l'Américain, elle recroquevillée sur une chaise, lui allongé sur la moquette. À plusieurs reprises, il se leva, tituba jusqu'à la salle de bains, se cogna contre la porte, jura. Puis Nina l'entendit vomir. Il tira la chasse d'eau, revint se coucher au même endroit sur la moquette.

Le bruit de la douche éveilla Nina. Elle dénoua ses cheveux, s'ébroua en glissant ses doigts dans les longues mèches brunes. Un frisson parcourut son corps. Il faisait froid ce matin, la fenêtre était restée ouverte. Des nappes de brouillard se dissipaient lentement au-dessus des toits. Un chien jappait dans la rue, puis un bruit de sonnette à vélo et, sur le pavé, le tintement des bouteilles dans la remorque. C'était Gerlou qui descendait des étoiles pour aller ouvrir Le One Toutou.

Il était à peine sept heures. L'Américain sortit de la salle de bains.

– Vous avez toussé, Nina !

– Pardon ?

– Cette nuit, vous avez beaucoup toussé !

– Et vous, vous avez beaucoup vomi !

Nina lui succéda dans la salle de bains. L'eau coula sur son visage, bouche ouverte, laver cette bouche de toutes les horreurs qu'elle s'apprêtait à déverser, l'innocenter. Elle s'enroula dans une serviette, couvrant son corps depuis le buste jusqu'à mi-cuisses. Elle pénétra ainsi dans la chambre. Le linge sur le lit avait été rangé, les pages et le fil n'appartenaient plus au décor. Sur la table, à la place de la bouteille de whisky, le cendrier était vide.

– Vous n'auriez pas une chemise ? Une chemise propre ?

L'Américain ouvrit la petite armoire. Il lui tendit une chemise blanche.

Lorsqu'ils arrivèrent au bar, les vieux de l'association de pêche entreprenaient quelques touristes autour du lancer à la mouche. L'un d'eux mimait la scène, ondoyant au milieu des tables. Nina et l'Américain choisirent une table, commandèrent deux grands crèmes. Nina ne savait pas comment lui dire, la promiscuité, la peur, le noir, le bruit des flammes, l'aveuglement, la fumée inhalée, la fournaise rongeant les corps, les cris et les gémissements. Elle ne pouvait pas lui révéler qu'il était l'héritier de cette mort-là.

– Nina… les six pages, nous ne pourrons jamais les lire… J'ai tout essayé, elles sont indéchiffrables, mais… je crois… je crois que les enfants sont morts.

Nina se mordit les lèvres.

– Les pages… les dernières pages… Pendant que vous étiez à l'hôpital, je les ai lues.

Il posa ses mains sur les siennes, sans remarquer combien elles tremblaient.

– Vous avez fait ça, Nina, mon Dieu, vous avez fait ça !

Nina dégagea ses mains.

– Louise ne dit pas grand-chose. Elle dit seulement que le pasteur Trocmé a reçu une lettre... Une lettre de Suisse qui prouve que certains enfants sont passés... Voilà ce que dit Louise.

– Alors les enfants sont vivants... Peut-être pas tous... Mais certains sont vivants... Vous vous rendez compte, Nina, ils sont vivants ! Et c'est tout, Nina... vous êtes sûre... c'est tout ce que disait Louise en six pages ?

– C'est tout.

– Et la dernière phrase... la dernière phrase de Louise, vous vous en souvenez ?

– Oui...

– Dites-moi, Nina, dites-moi !

Nina sortit un stylo de sa poche. Sur un bout de nappe, elle inscrivit : Je pense à toi, mon fils. Il faut que tu me pardonnes. Il faut seulement que tu me pardonnes.

Le lendemain, Nina servait au restaurant. L'Américain entra, il portait une valise, était rasé de près, il sentait bon. Il se planta devant Nina.

– Vous êtes venu chercher votre chemise ?

– Non, je suis venu vous dire au revoir.

Il la serra dans ses bras.

Avant de franchir la porte, il se retourna :

– Nina... la chemise, je viendrai la chercher...

Nina resta prostrée contre le mur des cuisines. L'Américain fit demi-tour, hésita, puis s'arrêta au milieu de la salle.

– Vous aussi Nina… vous aussi je viendrai vous chercher.

Pierre et Virginia
Hôpital psychiatrique, deux ans plus tard

Virginia, m'entends-tu ? Entends-tu le son de ma voix ? Il pleut au-dehors. C'est que le ciel souffre. C'est que tous ceux qui sont au ciel souffrent. Entends le murmure de leurs larmes couvrir ma voix. Je ne suis pas fou Virginia. N'aie pas peur. Écoute-moi et n'écoute pas Dieu. Dieu se trompe. Dieu nous trompe. Lève une armée Virginia. Libère les Justes et ceux qui ne le sont pas. Parce qu'on ne sait jamais. Même en l'enceinte du temple on ne sait jamais qui est juste. On ne dissèque pas le cœur des hommes. Les pires choses peuvent être commises au nom des plus nobles causes. Une souris Virginia. Une souris a grignoté le pouce d'un nouveau-né. C'est que cette souris avait faim. C'est que Dieu n'avait pas nourri cette souris. Vois comme elle est petite. Et frêle. Et innocente. Une souris blanche. Donne-lui des pouces de nouveau-nés pour nourrir sa portée. Et n'écoute pas les hurlements des enfants qui n'ont plus de pouce à sucer.

Alors je comprendrai que tu m'aimes.

Pourquoi maman ne me répond pas ? Dis à maman de me répondre. Dis-lui que je porte son nom et que je prie pour elle. Dis-lui que moi seul sais pour Louise mais que je sais aussi pour tous les autres. Tous ceux dont elle a abrégé la souffrance. Dis-lui que tout ira bien. Que

Dieu comprendra. Les Justes vont au paradis et l'amour d'un croque-mort ne condamne pas à l'enfer.

Sais-tu comment on m'appelle ici depuis que je me suis laissé pousser la barbe ? On m'appelle Henri IV. On prétend que je lui ressemble. J'ai institué qu'une fois par semaine nous mangerions tous de la poule au pot.

Hier Nina et l'Américain sont venus. Ils m'ont montré des photos de leur appartement à New York. Avec vue sur Central Park. Tu imagines Virginia… Ma Nina qui se lève tous les matins avec vue sur Central Park !

C'est la première fois qu'ils me rendaient visite avec leur petit garçon. À peine deux ans et il parle déjà comme un livre. L'infirmière a dit : « Celui-là aussi, il a les fossettes d'Henri IV. »

Je ne sais pas comment c'est Virginia… Je ne sais pas comment c'est de dire papa. Je veux dire de le dire à son vrai papa.

Je crois que lui non plus il ne saura pas.

La semaine dernière nous avons enterré maman. Le croque-mort s'est approché. Il m'a embrassé. Il a dit : « Ta mère… je l'aimais. » Puis il est reparti d'un pas lent. Rattrapant par la main une jeune femme à la silhouette élancée qui cueillait des fleurs sur les tombes.

Nous irons tous ensemble à Baltimore. Je vous emmènerai sur le grand tracteur rouge. Avec le père et Jeanne et Louis. Avec le squelette de la grande laie. Avec Nina et l'Américain. Avec Antoine et la petite souris cannibale. Virginia nous irons danser sur ta terre de naissance. Et tu danseras avec nous. À Baltimore.

Pierre sort de l'hôpital, il a une permission pour le week-end. Il marche d'un pas allègre avec un petit sac sur l'épaule. Devant les grilles, il salue les gardiens et leur lance « à demain ».

Il n'en pense pas un mot.

Il avance dans les brumes tremblantes du jour naissant. Il porte une phrase à ses lèvres, elle virevolte contre sa bouche, une phrase de *La Mort heureuse*. « Dans la gloire de ce matin du Monde, il avançait parmi le bruit sec de ses pas. »

Sur le pont qui surplombe le Lignon, Pierre s'arrête. En bas sur la rive, une femme est assise, sa jambe gauche est repliée sous ses fesses, la droite parfaitement allongée. *Limping Lady*. Elle lui adresse un petit signe de la main. Machinalement, elle écarte une boucle brune de son front. Vu d'ici, c'est incroyable comme elle est belle. Ses yeux verts en amande embrasent déjà le cœur de Pierre. Elle réitère son petit geste.

Pierre tend les bras vers le ciel.

Il enjambe le parapet.

Elle lui dit : « Bonjour Pierre. »

Il lui répond : « Bonjour Virginia. »

Elle lui sourit.

Nous partons.

Notes de l'auteur

Le village du Chambon-sur-Lignon et les communes du Plateau

Lors de la Seconde Guerre mondiale, environ 3 500 réfugiés ont été protégés dans ce village protestant, aux confins de la Haute-Loire et de l'Ardèche, une hospitalité qui fut le fait de l'ensemble des communes du plateau Vivarais-Lignon.

« La région du Chambon occupe une place unique dans l'histoire de la France, nulle part ailleurs les Juifs ne furent accueillis et sauvés en aussi grand nombre et avec pareille générosité » – *Dictionnaire des Justes de France*, sous la direction d'Israël Gutman.

Le Chambon-sur-Lignon demeure le seul village français à avoir reçu la distinction de « Justes parmi les Nations ». Dans toute l'Europe occupée, une seule autre commune a été honorée à titre collectif : Nieuwlande, en Hollande.

Les protestants pendant la Seconde Guerre mondiale

Les désaccords avec le régime de Vichy s'expriment dès l'automne 1940, alors que se font jour les lois antisémites qui seront appliquées en mars 1941. Représentant les positions de l'Église réformée de France, le pasteur Marc Bœgner adresse un courrier de soutien au grand rabbin Isaïe Schwartz et une lettre de protestation officielle à l'amiral Darlan, vice-président du Conseil du gouvernement. Après les grandes rafles de juillet, l'Église réformée s'élève ouvertement contre l'antisémitisme et un grand nombre de pasteurs entrent en résistance civile et spirituelle : « Si les jours viennent où les exigences de l'État français sont inacceptables, souvenez-vous qu'il vaut mieux obéir à Dieu qu'aux hommes. »

Le pasteur André Trocmé et sa femme Magda

Le pasteur Trocmé a été à la fois la conscience et la cheville ouvrière de la mobilisation de la population en faveur des Juifs réfugiés sur le Plateau. Ses racines familiales (sa famille maternelle était allemande) l'avaient sensibilisé à l'idéologie nazie et à ses dangers. Il avait également été confronté à la montée du fascisme en Italie puisque Magda, son épouse, était d'origine italienne.

Les douze pasteurs des paroisses avoisinantes furent également de véritables acteurs de cette liberté de conscience exprimée au travers des « Armes de l'Esprit » par une désobéissance civile au régime de Vichy et un refus d'obtempérer aux injonctions nazies.

Virginia Hall

Elle fut un véritable héros de la résistance armée, travaillant tour à tour pour les services secrets britanniques et américains. Elle arriva au Chambon-sur-Lignon en juin 1944 et organisa la résistance auprès des maquisards en tant qu'opérateur radio et chef de commando. Elle est considérée comme l'un des plus grands agents secrets féminins de la Seconde Guerre mondiale. Amputée dans les suites d'un accident de chasse, elle surnomma sa jambe de bois « Cuthbert », signifiant « illustre à la guerre ».

Les associations

De nombreuses organisations françaises, étrangères (suisses, américaines, russes, etc.) et internationales ont participé au sauvetage des Juifs, notamment des enfants, dans le village du Chambon-sur-Lignon. À titre d'exemples : la Cimade, le Secours suisse, le Secours Quakers, le Young Men's Christian Association, l'Organisation de Secours aux Enfants…

La rafle de la Maison des Roches

Le 29 juin 1943, dix-neuf jeunes hommes furent arrêtés par la police allemande et transportés vers la prison « La Mal Coiffée » de Moulins, puis à Compiègne. Ils seront tous déportés à Buchenwald,

Majdanek ou Auschwitz. Cette rafle montre bien que le village n'a jamais bénéficié d'une totale immunité et que La Montagne n'a pas été épargnée par les infamies et les horreurs de la guerre.

Albert Camus

Albert Camus a quitté l'Algérie dans les suites d'une rechute de sa tuberculose pour s'installer au Chambon-sur-Lignon le 20 août 1942 au lieu-dit Le Panelier où il a été hébergé dans la pension de famille de Sarah Oettly. Il prolongea son séjour jusqu'en octobre 1943. C'est ici que Camus a rédigé *Le Malentendu* et la plus grande partie de *La Peste*.

Extrait du discours du président de la République Jacques Chirac, 8 juillet 2004

« Terre d'asile, le Chambon est l'un de ces lieux où souffle l'esprit de résistance. Ce pays, qui a payé chèrement le prix de la liberté de conscience, a vu très tôt des femmes et des hommes se lever pour dire non. Guidés par des pasteurs et des enseignants admirables, villageois et paysans du "Plateau", habitants du Chambon et des localités voisines qui ont partagé le même idéal, refuseront l'infamie du régime de Vichy. Ils feront du beau verbe "résister" leur étendard. Ils transformeront chacune de leurs fermes en refuge. Quand d'autres, secondés par l'État français, commettaient l'irréparable, ici, des milliers de Juifs, dont beaucoup d'enfants poursuivis par la menace d'extermination des nazis, trouvèrent hospitalité et refuge. »

Bibliographie

Boegner Philippe, *Ici, on a aimé les juifs*, J.-C. Lattès, 1982

Boismorand Pierre, *Magda et André Trocmé : figures de résistances*, Éd. du Cerf, collection « L'histoire à vif », 2008

Bolle Pierre, *Le Plateau Vivarais-Lignon : accueil et résistance, 1939-1945*, Éd. SHM, 1992

Bollon Gérard, *Contribution à l'histoire du Chambon-sur-Lignon : le foyer universitaire des Roches et la rafle de 1943*, Cahiers de la Haute-Loire, 1996

Boulet François, *Histoire de la Montagne-refuge*, Éd. du Roure, 2008

Fayol Pierre, *Le Chambon-sur-Lignon sous l'Occupation (1940-1944) : les résistances locales, l'aide interalliée, l'action de Virginia Hall (OSS)*, L'Harmattan, 1990

Flaud Annik / Bollon Gérard, *Paroles de réfugiés, paroles de Justes*, Dolmazon, 2009

Hallie Philip Paul, *Le Sang des innocents : Le Chambon-sur-Lignon, village sauveur*, Stock, 1980

Lecomte François, *Jamais je n'aurai quatorze ans*, Éd. le Manuscrit, 2005

Lorenzi Jean-Louis, *La Colline aux mille enfants*, Film, 1994

Matas Carol, *Une lumière dans la nuit : les enfants du Chambon*, Hachette jeunesse, 1999
Nouzille Vincent, *L'Espionne : Virginia Hall, une Américaine dans la guerre*, Fayard, 2007
Sauvage Pierre, *Les Armes de l'Esprit*, Film, 1990
Stupp François, *Réfugié au pays des Justes : Araules 1942-1944*, Éd. du Roure, 1997
Yagil Limore, *La France terre de refuge et de désobéissance civile (1936-1944)*, Éd. du Cerf, 2010

Remerciements particuliers à :

Gérard Bollon, Andrea Buchmuller, Anne de Rancourt, Denise Dupon, Vincent Nouzille, Henri Pailler, Pierre Sauvage, Éliane Wauquiez-Motte.

Héloïse d'Ormesson, Gilles Cohen-Solal et toute l'équipe d'EHO.

Achevé d'imprimer
sur Roto-Page
par l'Imprimerie Floch
à Mayenne, en février 2012.
Dépôt légal : mars 2012.
Numéro d'imprimeur : 81618.

Imprimé en France